HEYNE
HARD
CORE

Zum Buch

Nach dem Tod seiner Frau ist der Hund Red der stetige Begleiter von Avery Allan Ludlow. So auch, als er unten am Fluss beim Fischen von drei Jugendlichen überrascht wird. Zunächst scheint es, als wollten sie den alten Mann schlichtweg ausrauben, doch schnell wird klar, dass er keinen besonderen Besitz vorzuweisen hat. Außerdem sind sie auf etwas ganz anderes aus. Sie bedrohen Ludlow und erschießen schließlich aus reiner Boshaftigkeit seinen Hund. Zurück bleibt Avery, der die Patronenhülse der Schrotflinte aufbewahrt und seinen treuen Begleiter auf seinem abgeschiedenen Stück Land beerdigt. Der Verlust schmerzt ihn sehr, und er beginnt anhand der Patronenhülse Nachforschungen anzustellen. In einem Waffengeschäft in der Stadt erfährt er, wer die besagte Schrotflinte vor ein paar Tagen erstanden hat. Sogleich macht er sich auf den Weg, um den Jungen aufzusuchen. Er will Gerechtigkeit, die Jungen sollen für ihre Tat büßen. Doch niemand will ihn unterstützen, und so nimmt er das Heft selbst in die Hand.

Der Roman wurde 2008 mit Brian Cox *(Die Bourne Identität)* und Tom Wisemore *(Heat)* in den Hauptrollen verfilmt.

Zum Autor

Jack Ketchum ist das Pseudonym des ehemaligen Schauspielers, Lehrers, Literaturagenten und Holzverkäufers Dallas Mayr. Seine Horrorromane zählen in den USA unter Kennern neben den Werken von Stephen King oder Clive Barker zu den absoluten Meisterwerken des Genres, wofür Jack Ketchum mehrere namhafte Auszeichnungen verliehen wurden. 2007 wurde sein Roman *Evil*, der in Deutschland als DVD erhältlich ist, verfilmt.

Lieferbare Titel

Evil
Beutezeit
Amokjagd

JACK KETCHUM

BLUT ROT

ROMAN

Aus dem Amerikanischen von
JOANNIS STEFANIDIS

WILHELM HEYNE VERLAG
MÜNCHEN

Die Originalausgabe RED erschien bei
A Leisure Book, Dorchester Publishing Co., Inc., New York

FSC
Mix
Produktgruppe aus vorbildlich bewirtschafteten Wäldern und anderen kontrollierten Herkünften
Zert.-Nr. SGS-COC-1940
www.fsc.org
© 1996 Forest Stewardship Council

Verlagsgruppe Random House FSC-DEU-0100
Das für dieses Buch verwendete
FSC-zertifizierte Papier *Super Snowbright*
liefert Hellefoss AS, Hokksund, Norwegen.

Vollständige deutsche Erstausgabe 12/2008

Printed in Germany 2008
Redaktion: Tim Jürgens
Umschlaggestaltung: Hauptmann & Kompanie Werbeagentur,
München – Zürich
Satz: C. Schaber Datentechnik, Wels
Druck und Bindung: GGP Media GmbH, Pößneck

ISBN: 978-3-453-67556-8

www.heyne-hardcore.de

Für Neil, Aggie, Beast, Vinni und Zoe – meine früheren und heutigen vierbeinigen Freunde und steten Vorbilder in der Kunst der Hingabe. Und für den wahren, längst verstorbenen Red, der meinem Onkel das Leben gerettet hat, so wie es dem Hund von Sam Berry hier gelingt.

»Der Schmerz ist menschlich, nicht höflich.«

EMILY DICKINSON

»Here I am, Lord, I'm
Knocking at your place of business …
I know I got no business here …«

PAUL SIMON

TEIL EINS

LUDLOW

1

Der alte Mann sah, wie der Hund ihn beobachtete, wie er seine Hände anstarrte, die den Haken zum orangefarbenen Schwanzende des braunen Plastikwurms schoben. Der alte Hund lag am Flussufer in einem Strahl spätnachmittäglichen Sonnenlichts, das zwischen den Bäumen hindurchfiel. Nach all der Zeit betrachtete der Gute ihn noch immer voller Neugier, und am Spannendsten fand er seine Hände.

Es schien beinahe so, als wären die Fähigkeiten seiner Hände für den Hund das Einzige, was ihn als Geschöpf von seinem Besitzer unterschied, nur die Hände und nichts sonst.

Der alte Mann hörte die Jungen, lange bevor er sie sah, genau wie der Hund. Er wusste, dass sie näher kamen und dass es mindestens zwei waren, die sich auf dem schmalen steinigen Pfad durch den Wald schlugen. Sie kamen von der Lichtung, wo sein Pickup stand. Er und der Hund hatten denselben Weg genommen.

Er hörte, wie ihre Schuhe über Erde und Steine schlurften, hörte das Knacken der Zweige über dem Vogelgezwitscher und dem Plätschern des gemächlich dahinfließenden Wassers. Der Hund stellte die Ohren auf und wandte seinen mächtigen zerzausten Kopf in Richtung der Geräusche, dann schaute er wieder zu dem alten Mann. Da dieser nichts sagte, seufzte er nur und legte sich wieder hin.

Seit der Eisschmelze war der Fluss für den alten Mann überaus ertragreich gewesen. Aber jetzt, im Spätjuni, war es fast schon zu einfach. Er stand erst seit dreißig oder vierzig Minuten am Ufer, nicht länger, und er hatte bereits zwei der drei vom Gesetz zum Fang freigegebenen Fische gefangen, die nun kopflos und ausgenommen in der Kühlbox lagen, beides Vierpfünder.

An dieser Stelle strömte der Fluss breit und tief dahin. Man brauchte sich nur einen Felsen, Baumstumpf oder einen umgestürzten Stamm auszusuchen – irgendetwas, hinter dem sich die Schwarzbarsche gern versteckten – und den Köder auszuwerfen. Dann zog man einige Male ruckartig an der Leine, sodass der Wurm durch das brauntrübe Wasser sauste und nach oben schoss, danach ließ man ihn wieder zum Grund gleiten. Heute reichten bereits drei oder vier solcher Versuche, ehe der Alte das sanfte Zupfen an der Angelleine spürte, das ihm verriet, dass der Fisch angebissen hatte. Wenn es so weit war, ließ er die Rute sinken, damit die Leine schlaff wurde und der Barsch sich den Plastikwurm einverleiben konnte, den der alte Mann vorher mit seinem Speichel als Lockstoff präpariert hatte. Dann holte er die Leine behutsam ein. Wenn er sicher sein konnte, dass sie straff genug war, brachte er den Haken zum Einsatz, indem er die Rute schlagartig nach oben riss, sodass sich der Haken aus der Wurmattrappe löste und das Maul des Fisches durchbohrte.

Auch der nächste Barsch würde ihm erbitterten Widerstand entgegensetzen, aber darauf würde sich der alte Mann nicht einlassen, jedenfalls nicht mehr als nötig, um den Fang einzuholen.

Hier ging es um einen Fisch auf dem Teller und zwei im Gefrierschrank, um weiter nichts. Sein Geschmack an blutigen Sportarten war ihm irgendwann zwischen der Hochzeit seiner Tochter Alice und Marys Tod abhandengekommen.

Aber ihm schmeckte das gute, feste, weiße Fleisch des Barsches. Und dem Hund schmeckte es auch. Obwohl der ja praktisch alles fraß, wie Mary einmal bemerkt hatte. Seit ihrem Tod hatte er festgestellt, dass seine Frau recht behalten sollte, so wie bei den meisten Dingen, über die zu reden sie sich bemüßigt hatte.

Er sah, wie der Hund erneut den Kopf hob und mit der narbenübersäten schwarzen Nase Witterung aufnahm.

Auch der alte Mann roch es, genau genommen sogar noch vor dem Hund. Der war schon lange nicht mehr derselbe wie früher. Der alte Mann konnte immer noch den Welpen in ihm erkennen, so wie in sich selbst den kleinen Jungen. Aber inzwischen waren die Bewegungen des Hundes viel langsamer geworden, was vermutlich an einer beginnenden Arthritis lag. Auch seine Augen wurden immer trüber.

Trotzdem steckte noch genug Leben in ihm, um Emma Siddons schwarzer Promenadenmischung nachzustellen, wann immer diese läufig war. Vor einer Woche erst hatte er ihn auf dem Feld hinterm Haus dabei beobachtet. Lächelnd hatte er zugeschaut, wie der Hund durch die Goldruten stürmte und die Bienen aufschreckte, als stünde er noch voll im Saft.

Trotzdem roch der alte Mann es zuerst.

Waffenöl.

Ganz schwach wehte es auf seiner Windseite vom Pfad herüber.

So riechen Amateure, dachte der alte Mann. Ein erfahrener Jäger hätte das Öl viel gründlicher abgewischt als diese Burschen hier. Das Wild würde meilenweit vor ihnen zurückweichen. Selbst wenn sie nicht wie eine lärmende Ziegenherde über den Pfad getrampelt wären.

Er schwenkte die Rute bis über den Kopf zurück und ließ sie dann kraftvoll ins Wasser hinabschnellen. Er spürte das Zischen der Leine, bevor er sie wieder von sich schleuderte, über den Fluss hinweg zu dem halb versunkenen Baum, wo er den ersten

Barsch gefangen hatte, den größeren von beiden. Diesmal aber zielte er mit dem Köder auf die andere Baumseite, wo das Wasser tiefer war. Er ließ ihn eintauchen und zog dann ruckartig an der Leine.

Der Hund hob erneut den Kopf. Aus dem Augenwinkel sah der alte Mann die Neuankömmlinge und wandte sich ihnen halb zu, während sie den Hügel hinunterstolperten. Dann richtete er sein Augenmerk wieder auf die Angelleine und zog erneut daran.

Es waren noch halbe Kinder. Siebzehn, achtzehn Jahre alt vielleicht.

Sie hatten eine Schrotflinte dabei, die sich der größte der drei Jungen über die Schulter gelegt hatte wie einen Stock oder ein Schlagholz, nicht wie eine Feuerwaffe.

»Schon was gefangen?«

Der alte Mann drehte sich zu dem Jungen um, der ihn angesprochen hatte. Es war der mit der Schrotflinte. Er war groß und sah gut aus, was er wahrscheinlich auch wusste. Der Junge trug kurze Haare, in der Art, wie sie es dem alten Mann damals beim Militär geschnitten hatten. Er trug Jeans und ein T-Shirt, auf dem STOLEN FROM MABEL'S WHOREHOUSE stand. Darunter prangte die Karikatur einer vollbusigen Frau, die vor einer Art Western-Bar stand.

Im Gegensatz zu den beiden anderen war der Junge schlank und muskulös. Auch sie trugen Jeans und T-Shirts – einer ein rotes, der andere ein ausgeblichenes gelbes, beide mit Taschen für Zigaretten. Ihre Haare waren mittellang und braun, nicht blond und kurz wie die ihres Freundes. Der Junge in Rot hatte einen beträchtlichen Bauch.

»Zwei liegen schon in der Kiste«, sagte der alte Mann. »Seht sie euch ruhig an.«

Der Junge im gelben T-Shirt, der noch den mageren Körper eines Halbwüchsigen hatte, keine Erwachsenenfigur wie der Bursche mit der Schrotflinte, bückte sich und klappte den Deckel der Kühlbox auf. Einen Moment lang betrachtete er die Fische, die Hände tief in den Hosentaschen, sodass seine Schultern spitz unter dem T-Shirt hervorstachen. Dann richtete er sich wieder auf.

»Nicht schlecht«, sagte er. »Ordentliche Teile.«

Der alte Mann lächelte. »Im Augenblick kann man sogar Fünfpfünder rausholen.« Er zupfte an der Leine. »Aber mir reichen die da.«

Der dicke Junge in Rot trat mit den Turnschuhen Kieselsteine und kleine Felsbrocken los. Er wirkte träge, als wüsste er nichts mit sich anzufangen, wie die meisten übergewichtigen Kinder. Ein nur wenige Meter entfernt schwimmender Fisch konnte hören, was an Land geschah. Der alte Mann hoffte, der Junge würde endlich die Füße stillhalten.

»Ihr Hund?«, fragte der Junge mit der Waffe.

Der Alte blickte zu seinem Hund hinab und sah, dass dieser den Jungen ihn auf eine bestimmte Art beobachtete. Mit fortschreitendem Alter wurde der Hund zunehmend reizbar. Man sah es ihm an, wenn er es sich in den Kopf gesetzt hatte, jemanden nicht zu mögen. Dann starrte er denjenigen unentwegt an und konnte den Blick so lange nicht von ihm wenden, bis dieser ihn vollständig von seiner Vertrauenswürdigkeit überzeugt hatte.

Das Problem an ihm war jedoch, dass man sein Vertrauen mit einem Hundekeks erkaufen konnte.

Der alte Mann musste lächeln, als er darüber nachdachte, was für ein schlichtes Gemüt dieser Hund war.

»Ja, er gehört mir. Aber keine Sorge, er beißt nicht.«

Manche Leute waren komisch mit Hunden, dachte er. Immer glaubten sie, ein Hund würde gleich zuschnappen. Dabei hatten nach seinen Erfahrungen verdammt wenige Hunde jemals wirklich zugebissen, außer man hatte sie extrem gereizt, und selbst dann geschah so etwas nur selten. Hunde wollten von den Menschen genau das Gegenteil. Sie wollten gar nicht zubeißen und waren froh, wenn es dafür keinen Grund gab, denn sie wurden gefüttert und hatten es nachts warm, niemand quälte sie, und tagsüber hatten sie viel Zeit, in der Sonne zu liegen, in der Gegend herumzutollen und allen möglichen Dingen hinterherzujagen.

»Hat schon ein paar Jahre auf'm Buckel, was?«, sagte der Junge in Rot.

Der alte Mann nickte. »Wir sind schon seit einer Ewigkeit zusammen.«

Er zog an der Angelleine. Im Moment biss nichts an. Vielleicht verscheuchte das Gerede die Fische, oder es lag an dem dicken Jungen, der mit dem Fuß noch immer Steine aufwirbelte.

»Wie alt ist er denn?«

Er musste überlegen. Mary hatte ihm den Hund zum dreiundfünfzigsten Geburtstag geschenkt, als er gerade sechs oder sieben Wochen alt war. Es war das Jahr vor ihrem Tod gewesen. Sie war 1983 gestorben.

»Dreizehn oder vierzehn.«

»Hässlicher alter Köter.«

Darauf wusste der alte Mann nichts zu entgegnen. Aber er wusste, dass der Ton des Jungen ihm nicht gefiel. Der konnte wohl nichts mit Tieren anfangen.

Er begann, die Leine einzuholen.

»Was für Köder verwenden Sie?« Der magere Junge in Gelb schaute in den Angelkasten.

»Würmer.«

»Lebende?«

»Nein, aus Plastik. Ich hab sie irgendwann ausprobiert, seitdem funktionieren sie für mich am besten.«

»Ich mag am liebsten Buzzbaits. Schon mal damit versucht?«

»Nein, hab ich nie benutzt. Manchmal nehme ich Jitterbugs oder Popper, aber meistens diese Plastikwürmer.«

»Mann, hör auf mit dem Gelaber, Harold«, sagte der Junge mit der Schrotflinte. »Und du, Opa, legst jetzt die Angel weg.«

Der alte Mann blickte zu den Jungen hinüber, während diese zwei Schritte auf ihn zutraten.

Die Flinte war jetzt auf ihn gerichtet, sie zeigte auf seinen Bauch. *Was zum Henker soll das jetzt?*

Der Junge legte den Entsicherungshebel um.

Der Hund knurrte und erhob sich.

»Ruhig«, sagte er zu dem Tier. »Ganz ruhig.«

Er streckte die Hand aus. Man konnte sich darauf verlassen, dass der Hund befolgen würde, was die Hand ihm befahl, selbst wenn sein Instinkt ihm das Gegenteil sagte. Jetzt setzte er sich auf die Hinterläufe und knurrte so leise, dass man es leicht überhören konnte, wenn man nicht genau hinhörte. In diesem Moment wollte der Hund nichts anderes als aufspringen und ihn verteidigen, ganz gleich, wie alt und arthritisch er war.

»Der Köter bleibt besser sitzen«, sagte der Junge mit dem Gewehr. »Und du legst jetzt endlich die verdammte Angel weg, Opa.«

Sprich ganz vernünftig mit ihm, dachte der alte Mann. Am besten, er verhielt sich jetzt völlig normal, obwohl man das von dem Burschen weiß Gott nicht behaupten konnte.

»Wenn ich sie loslasse, geht sie mir vielleicht verloren«, sagte er. »Was ist, wenn einer anbeißt? Sie beißen heute ziemlich gut.«

Der Junge sah ihn verdutzt an, dann schüttelte er grinsend den Kopf.

»Na schön. Hol die Leine ein. Und dann legst du die Angel weg.«

Der alte Mann tat wie ihm befohlen. Er konnte sehen, wie sehr der Junge seine Macht genoss. Mehr, als ihm gut tat. Er wollte ihn nicht provozieren.

»Gib die Brieftasche her«, sagte der Junge.

Der alte Mann schüttelte den Kopf.

»Die liegt im Handschuhfach meines Wagens. Ihr seid auf dem Weg hierher an ihm vorbeigelaufen. Ein grüner Chevy-Pick-up drüben auf der Lichtung.«

»Blödsinn«, sagte der dicke Junge.

»Es stimmt. Ich nehme meine Brieftasche nie mit. Hier unten braucht man kein Geld. Und falls ich wegen einer verhedderten Leine oder im Kampf mit einem Fünfpfünder ins Wasser muss, würde meine Brieftasche nass. Ich müsste also daran denken, sie vorher in den Angelkasten zu legen, was ich bestimmt vergessen würde. Deshalb verwahre ich sie im Handschuhfach. Es sind zwanzig, dreißig Dollar drin. Ich sage zwar nicht, ihr könnt euch das Geld gerne nehmen, aber mit einer Schrotflinte lege ich mich auch nicht an. Also, holt es euch.«

Ganz langsam griff er in seine Jackentasche.

»Ihr braucht die Wagenschlüssel«, sagte er.

»Wie viel ist sein Angelzeug wert?«, fragte der Junge mit dem Gewehr den Jüngsten, denjenigen, den er Harold genannt hatte.

»Ist alles alter Kram. Ein paar halbwegs brauchbare Fliegen. Aber nichts, was sich gut verscheuern lässt.«

Es war keine zutreffende Bewertung, falls der Junge irgendetwas vom Angeln verstand, und der alte Mann spürte, dass dies der Fall war. Die Fliegen waren allesamt handgeknotet, eine gute Sammlung. Sie allein hätten schon ein hübsches Sümmchen eingebracht. Falls der Junge das wusste, verriet er es jedenfalls nicht.

Er fragte sich, warum.

»Irgendwelche Kreditkarten in der Brieftasche, Opa?«

»So was benutze ich nicht.«

Lachend schüttelte der Junge den Kopf. Er kam einen Schritt näher. Jetzt sah der alte Mann, dass die Schrotflinte eine Browning Auto-5 Kaliber 12 war, nagelneu und teuer. Er nahm den Geruch des Waffenöls so intensiv wahr wie den im Innern eines neuen Autos. Derweil nahm er die Schlüssel heraus und hielt sie dem Jungen hin. Dieser lachte unverdrossen weiter, aber es klang nicht fröhlich, sondern boshaft.

Als würde das Lachen ihn zu etwas hinführen.

Dem alten Mann fiel auf, dass der Junge für sein Alter überraschend viele Falten hatte, dass sein Gürtel aus gutem Leder bestand und seine Jeans keine Levis war, sondern von irgendeiner Designermarke. Die anderen Jungen trugen die gleichen Hosen.

Sie brauchten das Geld nicht. Sie wollten es ihm bloß einfach wegnehmen.

Na schön, sollten sie es doch haben.

Er hoffte nur, dass es alles war, wonach ihnen der Sinn stand.

»Hier«, sagte er und wies auf die Wagenschlüssel in seiner Hand. »Der Kleinste ist für das Handschuhfach. Die Brieftasche liegt drin.«

Nimm sie und verschwinde, dachte er.

Noch immer grinsend, schüttelte der Junge den Kopf.

»Du hast also einen zerbeulten alten Pick-up, eine Brieftasche mit zwanzig Dollar drin und eine Angelausrüstung, die einen Scheiß wert ist. Dazu zwei Fische und einen verdammten Hund. Was, zum Teufel, *besitzt* du eigentlich, Alter?«

Er antwortete nicht. Darauf gab es einfach keine Antwort. Und der Junge wollte auch gar keine hören.

»Einen *Scheißdreck besitzt* du!«

Es bestand immerhin die Chance, dass der Junge nicht schießen würde, falls er auf ihn zuginge und versuchte, ihm die Waffe abzunehmen. Aber er schätzte diese Chance nicht sehr hoch ein. Denn in der Stimme lag eine Gleichgültigkeit, die ihm von Anfang an missfallen hatte, die sich inzwischen aber in Eiseskälte verwandelt hatte. Er schaute zu dem dicken Jungen und sah, dass dessen leeres dümmliches Grinsen ihm keine Hilfe sein würde. Als er zu dem Jüngsten im gelben T-Shirt blickte, merkte er, dass dieser vor lauter Angst verstummt war. Auch das würde ihm wenig nützen.

Auch wenn die Angst des Jungen womöglich dessen Lüge über die Angelausrüstung erklärte.

Er hörte das Wasser hinter sich und den Wind in den Bäumen.

Er hielt die Schlüssel ausgestreckt.

Er wartete. Niemand rührte sich.

In dem Jungen arbeitete es. Etwas baute sich auf. Ob dies ein gutes oder ein schlechtes Zeichen war, konnte der alte Mann nicht deuten.

Du könntest hier und heute sterben, dachte er. Bist du bereit dafür?

Auch darauf hatte er keine Antwort.

»Wie heißt er eigentlich?«, fragte der Junge.

»Wer?«

»Der Hund. Wie heißt er?«

Für den alten Mann war es immer nur der Hund gewesen. Auf einen Pfiff hin stand das Tier bei Fuß und gehorchte seinen Händen, einem Klatschen, einem Wink oder einem Fingerschnippen. Wahrscheinlich hatte er seit Monaten keinen Grund gehabt, den Namen des Hundes zu benutzen. Aber natürlich hatten er und Mary ihm als Welpen einen gegeben, etwas Einfaches wegen seiner Farbe.

»Red«, sagte er.

Der Junge starrte ihn ernst an, nickte beinahe teilnahmsvoll. Für einen Augenblick schien die kalte Bosheit in seinen Augen ins Wanken zu geraten.

»Das ist gut«, sagte er leise. »Das ist richtig gut. Red.«

Der Junge holte tief Luft und stieß sie wieder aus. Plötzlich wirkte er ganz ruhig. Der alte Mann dachte schon, der Sturm hätte sich vielleicht verzogen – obwohl er nicht verstand, wie dies allein die Nennung des Namens verursacht haben sollte. Aber dann fuhr der Junge auf einmal herum, der Hund sprang auf – um so vieles langsamer, als er es noch vor einem Jahr getan hätte –, denn er spürte etwas, das jenseits der ausgestreckten Hand seines Besitzers oder dessen Macht über die Ereignisse lag. Der Junge ging einen Schritt auf ihn zu, das Krachen der Schrotflinte zerriss die idyllische Stille des Waldes, des Flusses und des sonnigen Junitages. Es verwüstete den Frieden, der das Leben des alten Mannes bis dahin erfüllt hatte. Man hörte nicht einmal ein Bellen oder Winseln, denn die obere Schädelhälfte des Hundes war verschwunden. Die aufmerksamen braunen Augen, die Nase mit den vernarbten Katzenbissen, alles war verschwunden, war in einem blutigen Sprühregen aus vertrautem Fleisch ins Gebüsch gespritzt. Plötzlich war das bloße Aussehen des Hundes nur noch Erinnerung.

Fassungslos stand der alte Mann da.

Warum?, fragte er sich. *Mein Gott, warum?*

Die Beine des Hundes zuckten.

»Red!«, brüllte der Junge feixend. »Red!«

Schon war der Gewehrlauf wieder auf ihn gerichtet. Der Junge ist schnell, dachte der alte Mann.

Das war etwas, das er sich merken musste.

»Jetzt ist er wirklich rot, der gute Red! Knallrot!«, rief der Junge und lachte höhnisch.

Es war ein blutberauschtes, stumpfes, einfältiges Lachen. So hatte er sie im Krieg lachen gehört, nachdem sie ihr Herz und ihre Seele verloren hatten.

Der alte Mann sagte nichts.

Er blickte auf die leere Patronenhülse am Boden, dann schaute er wieder zur Schrotflinte zurück, die noch immer auf ihn zielte.

»Vergiss nicht, das nächste Mal mehr Geld mitzunehmen. Dann passiert dir so was vielleicht nicht noch einmal, Opa.«

Der Junge drehte sich zu seinen Freunden um.

»Verschwinden wir«, sagte er.

Die beiden sahen aus, als wäre ihnen nichts lieber.

Das magere Bürschchen war kreidebleich, sogar dem Dicken stand das Unbehagen ins Gesicht geschrieben. Der Junge mit der Schrotflinte schien es nicht zu bemerken.

»Wir wollen deine verdammten Schlüssel nicht«, sagte er. »Für zwanzig Dollar machen wir uns nicht solche Mühe. Heute ist dein Glückstag. Und lass dir bloß nicht einfallen, uns zu verfolgen. Dann bleibt es auch dein Glückstag.«

Der alte Mann nickte. »Du hast immer noch das Gewehr.«

»Stimmt. Ich hab immer noch das Gewehr.«

Der Junge blickte auf den Hund und fing wieder zu lachen an. *»Meine Fresse! Red ist ja voll rot!«*, brüllte er. Im nächsten Moment lachte auch der Dicke los und schüttelte den Kopf, als wäre sein Freund hier ein bisschen verrückt. Auf unsichere Weise stimmte jetzt sogar der Junge im gelben T-Shirt mit ein, obwohl er nicht mit dem Herzen dabei zu sein schien.

Das war heute dein zweiter Fehler, mein Sohn, dachte der alte Mann. Der erste war, mit den beiden überhaupt hergekommen zu sein.

Er hörte, wie sie lachend über den Hügel davonmarschierten. Hörte sie noch, als man sie längst nicht mehr sah.

Als er sicher war, dass sie nicht umkehren würden, bückte er sich, hob die Patronenhülse auf und steckte sie ein.

Dann ging er zu seinem Hund.

Einen langen Moment betrachtete er ihn und überlegte. Er zog sein Hemd aus und legte es dem Hund um den zerschmetterten Kopf, hob den Leib an, schob das Hemd darunter und wickelte ihn darin ein. Mit der Hand, die der Hund immer so aufmerksam und voller Neugier beobachtet hatte, strich er ihm über den Rücken und die warmen Flanken. Als er die Hand zurückzog, war sie rot besudelt.

Der Junge hatte sich darüber lustig gemacht.

Mary hatte ihm den Hund zum 53. Geburtstag geschenkt.

Es war ein guter Hund gewesen. Ein verdammt guter. Sein Körper war noch warm.

Er erhob sich, klappte den Deckel des Angelkastens zu und verschloss ihn, sammelte Rute und Kühlbox ein und trug alles zu der Stelle, wo der Hund lag. Er knotete die Hemdsärmel um dessen blutverschmierten Hals, hob den Hund an und klemmte ihn sich behutsam unter den Arm. Mit der anderen Hand nahm er Rute, Angelkasten und Kühlbox und ging los.

Der Hund wurde sehr schwer.

Zweimal musste er stehen bleiben und sich ausruhen, aber den Hund ließ er nicht los. Er stellte nur die Sachen ab, hockte sich hin und legte ihn sich vorsichtig auf den Schoß, hielt ihn fest, atmete den vertrauten Geruch des Fells und den frischen Duft des Blutes.

Als er zum zweiten Mal stehen blieb, weinte er schließlich um seinen Verlust und um die lange schöne Vergangenheit, die sie miteinander geteilt hatten. Mit der Faust schlug er währenddessen auf die karge Erde ein, die sie hierher geführt hatte.

Dann machte er sich wieder auf den Weg.

2

Der alte Mann, dessen Name Avery Allan Ludlow war, fuhr den Hügel zum Haus hinauf und überlegte, dass der Junge mit einem recht gehabt hatte.

Er besaß nicht viel.

Ihm gehörten der Laden und das Haus und die beiden kleinen Grundstücke, auf denen die Gebäude standen. Das war alles.

Das Haus war schon über hundert Jahre alt gewesen, als er und Mary es damals in den Siebzigerjahren zusammen mit etwas über einem halben Hektar Land für gerade mal 20.000 Dollar gekauft hatten. Der Grund für den günstigen Preis war das Dach, auf dem es an zwölf verschiedenen Stellen durchregnete. Das eingedrungene Wasser lief durch den Boden der von Fledermäusen kolonisierten Dachkammer bis in die Küche, die drei kleinen Schlafzimmer und ins Wohnzimmer hinab, die ebenfalls allesamt eine beträchtliche Mäusepopulation beherbergten. Aber er mochte die handgezimmerten Eichenbalken unter den Decken und die große, im antiken Stil gebaute Küche mit dem Kanonenofen in der Mitte, der offenkundig den Mittelpunkt des Geschehens im Haus bildete. Mary empfand genauso wie er. Es dauerte ein Jahr, bis er das Dach und die Decken so weit repariert hatte, dass fortan weder Regen noch Fledermäuse eindringen konnten. Das Mäuseproblem hatte ein inzwischen längst verstorbener Kater namens Adam für sie beseitigt.

Sein Land führte auf einem sanft abfallenden Hügel durch ein Goldrutenfeld, das zu Marys Lebzeiten ein kultivierter Rasen gewesen war und unten an einem schmalen Bach endete. Hinterm Haus gab es einen Holzschuppen und eine riesige Eiche, die den Hügel krönte, dazu Brombeersträucher, an denen abends manchmal Wild knabberte. Dahinter lag ein dichtes Waldstück, das schon zum Nachbargrundstück gehörte. Dort war nie gerodet worden, wahrscheinlich würde es auch nie geschehen, jedenfalls nicht zu Lebzeiten des alten Mannes. Das Grundstück gehörte einem New Yorker Anwalt, der die drei Hektar gekauft hatte, um dort seinen Sommersitz zu bauen, und dann das Interesse verloren hatte. Die Steuern waren niedrig. Und auch dem Land gefiel es so. Der Anwalt behielt es, benutzte es aber nicht.

Was Ludlow also außerdem noch sein Eigen nannte, war die Abgeschiedenheit.

Diese gebrauchte er nun als Schutzwall zwischen sich und seiner Wut, während er den Pick-up parkte, den Hund den Hügel hinauftrug und neben die

Eiche legte. Aus dem Schuppen holte er Schaufel und Mistgabel, dann machte er sich ans Werk.

Bei Einbruch der Dämmerung war die Grube tief genug, sodass die Gebeine nicht durch Erosion wieder an die Oberfläche gelangen oder von Emma Siddons schwarzer Promenadenmischung ausgegraben werden könnten. Behutsam legte er den Hund, um dessen Kopf noch immer das Hemd gewickelt war, in das Erdloch. Es war nie seine Sache gewesen, Grabreden zu halten, obwohl es durchaus möglich gewesen wäre, dass ein paar Worte ihn von der Schwere, die auf seinem Brustkorb lastete, befreit hätten. Aber er sagte nichts, sondern machte sich sofort daran, den Hund mit der reichhaltigen, würzig duftenden Erde zu bedecken.

Als er fertig war, brachte er Schaufel und Mistgabel in den Schuppen zurück. Dann fiel ihm ein, dass er die Fische und die Angelausrüstung vergessen hatte, deshalb ging er zum Wagen zurück und holte beides. Er fragte sich, wie es wohl sein würde, den Fisch zu essen, den er an dem Tag gefangen hatte, an dem man seinen Hund erschossen hatte. Wie würde er sich wohl dabei fühlen? Natürlich konnte er den Fisch wegwerfen, aber das wäre, als würde er einen Teil des Hundes wegwerfen, ganz abgesehen davon, dass es Verschwendung war.

In der Küche wickelte er die Fische in Folie und legte sie in den Gefrierschrank.

Die Angelausrüstung stellte er in die Kammer.

Erst als alles erledigt war und er zum Ofen ging, um Kaffeewasser aufzusetzen, wurde er der plötzlichen Stille im Haus gewahr, die nur noch von seinen eigenen Schritten durchbrochen wurde und nicht mehr vom Tappen der Hundepfoten auf dem Holzfußboden. Er blieb mitten im Zimmer stehen, wie vor einer unsichtbaren Tür, und hielt kurz inne, bevor er zitternd ins Reich seines Zorns eintrat, während seine Finger in der Tasche nach der Patronenhülse tasteten.

Er nahm sie heraus und roch daran. Der stechende Geruch von Schießpulver.

Er stellte sie neben der Spüle aufrecht auf den Küchentresen.

Falls der Junge selbst und nicht sein Vater oder jemand anderes die Browning Auto-5 Kaliber 12 irgendwo in Moody Point oder in einer nahen Stadt gekauft hatte, standen seine Chancen ziemlich gut, ihn zu finden, dachte Ludlow.

Falls der Kauf in Portland oder gar in Kennebunkport erfolgt war, würde es schwieriger werden.

TEIL ZWEI

VÄTER UND SÖHNE

3

Er begann mit dem, was er wusste. In Harkness' Gemischtwarenladen gab es so ziemlich das gleiche Angebot wie in seinem eigenen Laden, einschließlich Gewehre und Schrotflinten. Aber es waren überwiegend alte Quer- und Doppelbockflinten, nichts Modernes wie die Browning Auto-5. Den Laden konnte er also ausschließen. Damit kamen in Moody Creek selbst nur *Downtown Guns & Ammo* draußen am Highway und *Dean's Sporting Goods* drüben in der Ridgefield Road als Geschäfte infrage, die dem Jungen die Waffe verkauft haben könnten.

Er rief Bill Prine an und bat ihn, den Laden aufzumachen und ihn zu vertreten, obwohl heute Montag und damit Bills freier Tag war. Bill willigte sofort ein. Er hatte sowieso nichts Besseres vor. Dieser Tage verlief sein Leben genauso eintönig wie das von Ludlow. In dessen Laden zu arbeiten bedeutete für Bill schon ein Höchstmaß an Unterhaltung.

Ludlow duschte und rasierte sich. Als er im Bad fertig war, hatte der Nebel sich verzogen, und es war ein strahlender Morgen. Er stieg in den Pick-up und fuhr in der Stirrup Iron Road an der alten Lutheranerkirche und an seinem Laden vorbei. Er sah, dass drinnen Licht brannte und Bills Ford in der Einfahrt stand.

In der Stadt ging er auf einen Kaffee in Arnie Grohns Restaurant. Dort bewunderte er zum ungefähr hundertsten Mal in diesem Jahr Arnies Kellnerin Gloria. Sie war Anfang dreißig, hatte rotes Haar, war hübsch und mit einem versoffenen Lehrer aus Portland verheiratet, von dem es hieß, er würde sie schlagen. Was wahrscheinlich stimmte, denn Ludlow sah manchmal blaue Flecken an ihren Beinen und Oberschenkeln. Er bezweifelte, dass sie einfach nur tollpatschig war.

Er fragte sich, warum sie sich so etwas gefallen ließ.

Es gab auf der Welt so viele verborgene Realitäten, so viele geheime Leben. Es kam ihm so vor, als würde niemand nur ein einziges Leben führen.

Ihm fiel ein, vor Kurzem in der Zeitung von einer Frau in Florida gelesen zu haben, die für ein paar Jungen aus der Nachbarschaft in ihrem Haus eine Stripshow veranstaltet hatte. Ihre vierzehnjährige Tochter war darin die Hauptattraktion gewesen. Sie hatte die Beleuchtung gedimmt und Musik aufgelegt. Dann hatte sich die Tochter ausgezogen, die Mutter hatte das Zimmer verlassen, und die Vierzehnjährige hatte nach dem Wer-will-noch-mal-wer-hat-noch-nicht-Motto mit einem Jungen nach dem anderen geschlafen. Es schien dabei noch nicht einmal um Geld gegangen zu sein.

Ihm war es unerklärlich, wie jemand auf so eine Idee kam. Aber er glaubte auch nicht daran, dass man mit zunehmendem Alter klüger wurde. Es gab vieles, was er nicht verstand und vermutlich niemals verstehen würde.

Als er mit seinem Kaffee fertig war, überquerte er die Straße, ging einen Block weiter zu *Dean's Sporting Goods* und fragte Dean nach der Schrotflinte und dem Jungen. Den Grund für die Frage nannte er nicht, und Dean wollte ihn auch gar nicht wissen. Er bräuchte gar nicht erst im Buch nachzuschauen, sagte der, denn er hätte eine Auto-5 nie im Angebot gehabt. Nur die Browning Semi-Auto Kaliber 12. Er solle es doch mal bei *Guns & Ammo* versuchen, meinte Dean, draußen an der 95.

Der Verkäufer hinterm Tresen bei *Downtown Guns & Ammo* war etwa so alt wie Bill Prine, also Mitte vierzig. Aus seinen kurzen weißen Hemdsärmeln ragten mächtige Arme hervor. Er hatte ein graues, mürrisch dreinblickendes Gesicht, das Ludlow, zusammen mit dem herausquellenden Bierbauch, verriet, dass der Mann zu viele Nächte in Bars herumhockte und zu selten mit dem Sonnenaufgang aufstand. Hinter ihm räumte ein kleiner älterer Mann mit aufgerollten Ärmeln Kisten mit 70-mm-Vollmantelgeschossen ins Regal. Der Verkäufer lächelte nicht, als Ludlow zur Tür hereinkam.

Er nickte ihm nur zu und fragte, was er für ihn tun könne. Der ältere Mann machte einfach mit der Arbeit weiter.

»Ich würde gern wissen, ob Sie einem etwa achtzehnjährigen Jungen kürzlich eine Browning Auto-5 verkauft haben. Der Junge ist groß und schlank und hat kurzes blondes Haar.«

»Sind Sie Polizist?«, fragte der Verkäufer.

»Nein.«

»Wie ein Anwalt oder Privatdetektiv sehen Sie auch nicht aus.«

»Bin ich auch nicht.«

»Warum fragen Sie dann?«

»Sagen wir, es ist eine Privatangelegenheit.«

»Eine Privatangelegenheit?«

»Ganz recht.«

Der Mann lächelte und schüttelte den Kopf.

»Tut mir leid, Mister. Mit Privatangelegenheiten befassen wir uns hier nicht.«

»Der Junge, den ich suche, hat mit der Browning meinen Hund erschossen. Er hatte keinen Grund dazu.«

Einen Moment lang starrte ihn der Mann stirnrunzelnd an, dann zuckte er die Achseln und spreizte die Hände.

»Tut mir leid, das zu hören«, sagte er. »Aber Sie müssen verstehen, dass wir uns in so was nicht reinziehen lassen können. Wenn Sie Polizist wären, läge der Fall natürlich anders.«

»Ich kann auch mit einem Polizisten zurückkommen, falls das nötig ist. Aber ich verstehe nicht, warum Sie uns beiden solche Umstände machen wollen. Ich bitte Sie doch bloß um einen kleinen Gefallen.«

»Tut mir leid. Ich kann Ihnen nicht helfen.«

»Herrgott noch mal, Sam«, sagte der ältere Mann, der hinter seinem Kollegen das Regal einräumte. »Der Junge hat seinen verdammten *Hund* erschossen. Jetzt schau doch einfach mal kurz ins Buch, ja?«

Aus dem Tonfall des Mannes schloss Ludlow, dass die beiden vermutlich nicht die Gewohnheit hatten, nach der Arbeit Arm in Arm nach Hause zu gehen.

»Na toll. Super. Und was ist, wenn er den Jungen umbringt, Clarence?«

»Ach was.«

Der ältere Mann blickte zu Ludlow hinüber, musterte ihn eingehend und nickte dann. Ludlow erwiderte die Geste.

»Verdammt, er wird ihn nicht *umbringen*, Sam. Jetzt sieh schon nach.«

Sam ging ans Tresenende und klappte das Buch auf.

»Ich hab es ihm verkauft, ja«, sagte er. »Ich erinnere mich. Vor drei, vier Tagen. Der Junge kam mit seinem Vater rein. Schick ausstaffierter Kerl, der Vater. Der Junge hatte einen Bürstenschnitt, stimmt's? Ganz kurz.«

»Richtig«, sagte Ludlow.

»Hier steht's. Ich hab es ihm Dienstagnachmittag verkauft. Registriert auf Daniel C. McCormack, achtzehn Jahre alt.«

»Steht da auch eine Adresse?«

Der Verkäufer wandte sich zu seinem Kollegen um. »Clarence, bist du dir wirklich sicher?«

Der ältere Mann seufzte, unterbrach seine Arbeit und schaute wieder zu Ludlow hinüber. Der Mann war ein echtes Ostküstenoriginal. Er hatte die typischen Augen eines Neuengländers, in denen nicht der leiseste Hauch von Böswilligkeit lag, aber auch keine Spur von Milde.

»Mister«, sagte er, »falls *irgendwer* fragt, woher Sie das wissen ...«

»Ich habe den Jungen zufällig auf der Straße wieder gesehen«, sagte Ludlow, »und bin ihm nach Hause gefolgt. Hatte einfach Glück.«

Der ältere Mann nickte. »Klingt plausibel. Sam, gib ihm die Adresse.«

Der Verkäufer drehte das Buch um und Ludlow notierte den Namen und die Adresse. Der Kauf war mit einer American-Express-Karte getätigt worden, die Michael McCormack gehörte. Das musste der Vater sein. Auch diesen Namen notierte er sich.

»Danke. Ist übrigens eine hübsche Waffenausstellung, die Sie da haben«, sagte er und deutete auf die unzähligen Gewehre in den Wandhalterungen.

»Oh, danke«, sagte der ältere Mann. »Mein kleiner Bruder hier und ich erledigen alle Bestellungen selbst. Arrangieren und aufhängen tun wir die Waffen auch selbst. Kommen Sie ruhig mal vorbei, falls Sie jemals meinen, eine zu brauchen. Ich persönlich bevorzuge ja einen Hund. Viel Glück wünsche ich Ihnen.«

4

Die McCormack-Adresse lag im Northfield-Abschnitt der Landspitze. Auf dem Weg dorthin fuhr Ludlow an Häusern vorbei, in die sein eigenes drei- oder viermal hineingepasst hätte. Und selbst dann wäre immer noch Platz für weitere Schlafzimmer gewesen.

Northfield war eine Gemeinde, in der überwiegend reiche Leute aus New York und Boston ihren Zweitwohnsitz hatten, Leute, für die die pompösen Bauten aus dem 18. oder 19. Jahrhundert einen idealen Zufluchtsort vor der großstädtischen Hektik darstellten. Jeden Morgen stiegen Heerscharen von Dienstmädchen und Hausmeistern aus den Bussen und trotteten pflichtschuldig zur Arbeit. Abends um fünf machte die Herde sich dann wieder auf den Heimweg.

Einst hatte hier der Schriftsteller Norman Mailer ein Anwesen besessen. Ludlow wusste von zumindest einem Vorstandsvorsitzenden einer Telekommunikationsfirma, der seine Zeit zwischen Northfield, New York City und Colorado aufteilte. Der Mann war exzentrisch genug, um seine Socken und seine Unterwäsche persönlich in Ludlows Laden zu kaufen, der von hier gut drei Meilen und eine halbe Stadt entfernt lag. Ludlow fragte sich, bei wem der Mann wohl seine Socken kaufte, wenn er in New York oder draußen in Colorado war.

Nach Northfield-Maßstäben war das Haus der McCormacks bescheiden. Das des alten Mannes hätte nur zweimal hineingepasst. Er schätzte, dass es irgendwann Mitte des 18. Jahrhunderts erbaut worden war und etwa fünfzig Jahre später einen zweiten Flügel erhalten hatte. Er stieg aus dem Wagen. Der Geruch von frisch gemähtem Gras schlug ihm entgegen. Während er an hohen Hecken und einem schmiedeeisernen Zaun entlangging, sah er, dass es der kürzlich akkurat gestutzte Rasen der McCormacks war, der diesen Duft verströmte. Er ging über den breiten Weg aus grauem Feldstein zur Veranda, stieg zwischen einem Paar kannelierter weißer Säulen die Stufen hinauf und trat vor die Haustür. Daran hing ein umgedrehtes, detailgetreu nachgebildetes Messing-Hufeisen samt Fersen- und Zehenstollen. Damit klopfte er an.

Das Dienstmädchen war eine junge Schwarze mit einer verkrüppelten linken Hand, die vom Handgelenk bis zu den Fingerspitzen hell verfärbt war. Ludlow versuchte nicht allzu offensichtlich darauf zu starren, aber es gelang ihm nicht. Vermutlich ging es jedem so, dem die Frau das erste Mal begegnete.

Er fragte, ob er Mr. McCormack sprechen könne und nannte seinen Namen.

Sie lächelte freundlich, wandte sich um, ging durch die Eingangshalle an einer Treppenflucht vorbei und verschwand schließlich links hinter einer Tür. Rechts von ihm befand sich eine weitere offene Tür, durch die er ins Wohnzimmer schauen konnte: mehrere Plüschsessel und über einem Kamin eine dunkle, sturmgepeitschte Küstenlandschaft von Maine. Das Dienstmädchen kehrte zurück und bat, Mr. Ludlow möge ihr bitte folgen. Er empfand es als höflich, dass sie ihn mit seinem Namen ansprach.

Sie führte ihn in ein vollständig mit Eiche vertäfeltes Arbeitszimmer, das fast so groß war wie seine Küche, die wiederum der größte Raum in seinem Haus war. Zudem waren die Wände einen guten Meter höher als bei ihm.

Der Mann, der hinter dem Walnuss-Schreibtisch saß, war Ende vierzig. Er war breitschultrig, kräftig und nur leicht angegraut. Sein Haar war nicht blond wie das des Jungen, sondern dunkelbraun. Er trug ein weißes, am Kragen offenes Hemd und rotblau gestreifte Hosenträger, die an eine weite, beigefarbene Hose geknöpft waren. Der Mann erinnerte Ludlow an jemanden, aber ihm fiel nicht ein, an wen. Sein Händedruck war fest. Der Mann lächelte ihn offen und gut gelaunt an. Ludlow misstraute ihm sofort.

»Sie sind Av Ludlow? Freut mich, Sie kennenzulernen. Nehmen Sie Platz.«

Ludlow ließ sich in einen der Sessel vor dem Schreibtisch sinken.

»Kennen Sie mich, Mr. McCormack? Dem Dienstmädchen habe ich bloß meinen Nachnamen genannt.«

McCormack lachte. »Persönlich nicht, aber ich kenne Ihren Laden. *Ludlow's General Store*. Ich bin oft dran vorbeigefahren.«

Das erklärte zwar nicht, woher der Mann seinen Rufnamen kannte, aber Ludlow ließ es dabei bewenden.

»Ich bin wegen Ihres Sohns hier, Mr. McCormack.«

»Nennen Sie mich Michael. Welchen meiner Söhne meinen Sie denn, Av?«

»Daniel.«

»Okay, Daniel. Und was ist mit ihm?«

»Daniel besitzt eine Browning Auto-5 Schrotflinte. Er hat damit gestern meinen Hund erschossen.«

»Was hat er?«

»Ich habe in *Miller's Bend* gefischt. Er kam mit zwei anderen Jungen dorthin. Er wollte Geld von mir. Ich sagte ihm, im Handschuhfach meines Pick-ups lägen rund zwanzig Dollar. Es war ihm nicht genug. Deshalb hat Ihr Sohn meinen Hund erschossen.«

Der Mann sah ihn bestürzt an.

»So etwas würde Danny nie tun.«

Ludlow wusste nicht, ob er der bestürzten Miene trauen sollte oder nicht. Er beschloss, zunächst einmal zugunsten des Mannes zu entscheiden.

»Ich fürchte doch, Mr. McCormack. Tut mir leid. Aber manchmal kennt ein Vater seinen Sohn nicht so gut, wie er glaubt. Daniel war derjenige, der geschossen hat. Die beiden anderen Jungen standen bloß daneben und haben zugesehen. Als es vorbei war, haben sie gelacht.«

»Sie haben *gelacht*?«

»Ja. Sie schienen es lustig zu finden, einen Hund zu erschießen.«

Mit offenem Mund starrte ihn McCormack an, dann lehnte er sich zurück.

»Also was wollen Sie mir sagen? Dass Ihr Hund meinen Jungen angegriffen hat oder etwas in der Art?«

»Der Hund saß dort, wo er sitzen sollte. Es lag nicht in seiner Natur, ungehorsam zu sein.«

McCormack schüttelte den Kopf.

»Tut mir leid. Das klingt überhaupt nicht nach meinem Sohn.«

»Wie gesagt, manchmal kennt man seinen Jungen nicht so gut, wie man ihn zu kennen glaubt. Besitzt Daniel ein T-Shirt, auf dem STOLEN FROM MABEL'S WHOREHOUSE steht?«

»Das weiß ich nicht.«

»Vielleicht könnten Sie es für mich überprüfen.«

Der Mann schien darüber nachzudenken. Seine Augen zogen sich zusammen.

»Worum geht es Ihnen, Mr. Ludlow? Wollen Sie Geld?«

Ludlow fiel auf, dass er auf einmal nicht mehr Av war. Jetzt war er Mr. Ludlow.

»Nein, Sir. Mir geht es allein um Gerechtigkeit. Ich möchte, dass der Junge seine Tat zugibt und man ihm klarmacht, was er damit angerichtet hat. Er soll es verdammt noch mal bereuen, dem Hund und mir jemals begegnet zu sein. Und ich möchte, dass er bestraft wird, so wie jeder anständige Mensch erwartet, dass er bestraft wird. An dieser Stelle kommen Sie ins Spiel, Mr. McCormack. Er ist Ihr Sohn.«

»Sie fordern eine Strafe? Wovon sprechen Sie, von Gefängnis?«

»Zunächst einmal spreche ich von einer Tracht Prügel. Aber wenn ich Sie wäre, würde ich die Sache auch zur Anzeige bringen. Bevor er sich einbildet, so etwas immer wieder tun zu können.«

»Sie sind noch nicht zur Polizei gegangen?«

»Noch nicht, nein. Ich habe gehofft, Sie und Daniel würden das lieber selbst tun. Es würde besser für ihn aussehen, finden Sie nicht?«

McCormack dachte kurz darüber nach, dann beugte er sich vor.

»Woher weiß ich denn, dass Sie mir die Wahrheit erzählen, Ludlow? Welchen Beweis haben Sie?«

»Ich habe eine leere Patronenhülse, die das Büro des Sheriffs vermutlich der Browning zuordnen würde, wenn es so weit kommen sollte. Aber warum fragen Sie Ihren Sohn nicht einfach? Weiß er, dass ich hier bin?«

»Das bezweifle ich.«

»Dann rufen Sie ihn her. Reden Sie mit ihm.«

»Die beiden anderen, wie haben die ausgesehen?«

»Der eine war fast im selben Alter wie Ihr Sohn, etwas übergewichtig. Er trug ein rotes T-Shirt und hatte eine Packung Zigaretten eingesteckt. Der andere war jünger und ziemlich mager. Er kannte sich ein wenig mit Angeln aus.«

McCormack musterte Ludlow, blickte dann auf den Schreibtisch hinab und starrte einen Moment lang die Schreibunterlage an, die Hände vor sich gefaltet. Dann griff er zum Telefon und drückte einen Knopf.

»Carla, wo ist Danny momentan?«

Er sah wieder Ludlow an und trommelte mit dem Zeigefinger auf die Tischplatte.

»Gut. Geh rauf und sag ihm, er soll ins Arbeitszimmer kommen. Harold auch, falls du ihn findest. Sag ihnen: sofort.«

Ludlow erkannte den Namen. Harold. Anscheinend hatte er zwei Fliegen mit einer Klappe geschlagen.

Schön. Das vereinfachte die Sache.

McCormack schob das Telefon wieder von sich weg. Ludlow wurde die Stille im Zimmer bewusst, der bequeme Sessel, in dem er saß, und der starke Zitronenduft der Möbelpolitur.

»Haben Sie schon mal daran gedacht, Ihren Laden zu verkaufen, Ludlow?«, fragte McCormack.

»Wie bitte?«

»Ihr Laden. Schon mal daran gedacht, ihn zu verkaufen?«

»Nein, das ist mir nie in den Sinn gekommen.«

»Wie groß ist denn das Grundstück, ein halber Hektar? Ein bisschen mehr vielleicht?«

»Richtig. Ein bisschen mehr.«

»Und Sie machen im Jahr um die 20.000 netto, hab ich recht? Das heißt, wenn Sie mir die Frage erlauben.«

»Schon in Ordnung. Zwanzig kommen ungefähr hin, ja.«

»Aber Sie haben da einen richtig guten Standort. Nicht nur für einen Gemischtwarenladen, auch für alles andere. Sollten Sie je in Erwägung ziehen zu verkaufen, könnten meine Geschäftspartner und ich daran interessiert sein. Es könnte Ihnen ein kleines Vermögen einbringen.«

»Ich werde es mir merken.«

»Muss ziemlich viel Arbeit für einen Mann in Ihrem Alter sein. So ein Laden. Die vielen langen Stunden.«

»Ist es das, womit Sie Ihren Lebensunterhalt verdienen, Mr. McCormack? Leuten ihre Läden abkaufen?«

Er lachte. »Unter anderem. Einige Freunde und ich entwickeln Bauprojekte. Genau genommen haben wir gerade erst eins abgeschlossen, den neuen *Home Depot*-Baumarkt draußen am Highway 1. Ich fürchte, Sie bekommen bald mächtig Konkurrenz.«

»Gegen Konkurrenz habe ich nichts einzuwenden. Solange sie mich nicht aus dem Geschäft drängt.«

Die Tür ging auf. Ludlow war in Gedanken noch bei der Frage, woher und warum der Mann so viel über ihn und seine Angelegenheiten wusste, als die Jungen hereinkamen. Er sah, dass sie ihn sofort erkannten und begriffen, weshalb er gekommen war. Der Jüngere der beiden hatte wieder den ängstlichen Gesichtsausdruck und kämpfte dagegen an, indem er versuchte, teilnahmslos zu wirken. Die Miene des Jungen, der seinen Hund erschossen hatte, wechselte hingegen in Sekundenschnelle. Während er die Tür hinter sich schloss, veränderte er seinen Gesichtsausdruck von Erkennen in Ahnungslosigkeit. Was Ludlow verriet, dass der Bursche nicht nur boshaft, sondern auch verschlagen war.

Jetzt fiel ihm auch ein, an wen McCormack ihn erinnerte. An den jüngeren Sohn, an Harold.

»Kennt ihr diesen Mann hier?«, fragte McCormack.

Daniel zuckte mit den Schultern. »Nein. Warum?«

Harold schaute zu Boden. Er schüttelte den Kopf.

»Ihr habt ihn nie zuvor gesehen?«

»Nein.«

»Bist du dir absolut sicher?«

»Mhm.«

»Das ist Mr. Ludlow, Danny. Er hat mir eine unglaubliche Geschichte erzählt. Er behauptet, du hättest gestern versucht, ihn auszurauben. Du hättest seinen Hund erschossen.«

»Ich?«

McCormack nickte.

»Soll das ein Scherz sein?«

»Ich glaube nicht, dass Mr. Ludlow Scherze macht. Du sagst also, du weißt nichts über die Sache?«

»Nein.«

»Hast du gestern die Browning mitgenommen, Danny?«

»Nein. Wir sind nach Plymouth gefahren. Frag Carla. Sie hat uns losfahren sehen.«

»Mit wem wart ihr unterwegs?«, fragte McCormack.

»Nur mit Pete.«

»Und ihr seid nirgendwo sonst gewesen?«

»Nein.«

»Ihr seid nicht nach *Miller's Bend* gefahren?«

»Was hätten wir da gesollt?«

»Na, schön. Hast du ein T-Shirt mit dem Aufdruck PROPERTY OF MABEL'S ...«

»STOLEN FROM«, verbesserte ihn Ludlow.

»... STOLEN FROM MABEL'S WHOREHOUSE? Besitzt du so ein T-Shirt?«

Danny grinste. »Wenn ich so eins hätte, würde ich es wohl tragen.«

Ludlow musste sich eingestehen, dass der Junge gut war. Dieser widerliche kleine Scheißkerl. Und weil er so gut war, wirkte jetzt sogar sein Bruder viel überzeugender.

»Aber du besitzt kein solches T-Shirt.«

»Nein.«

McCormack starrte die beiden einen Moment lang an, dann schwenkte er auf dem Sessel zu Ludlow herum und seufzte.

»Ich muss Ihnen sagen, Av, ich fand Ihre Geschichte von Anfang an ein bisschen weit hergeholt. Ich habe hier zwei anständige Jungen, die sich niemals zu so einer Sache hinreißen ließen, wie Sie sie mir geschildert haben. Es tut mir leid um Ihren Hund, wirklich. Aber ich fürchte, Sie sind hier an die falschen Jungen geraten. Das wär's dann wohl.«

»Die falschen *Jungen*? Nach den beiden anderen habe ich gar nicht gefragt. Ich habe Sie ausdrücklich nach Daniel gefragt, Mr. McCormack. Mir scheint, *Sie* waren hier derjenige, der auf Harold gekommen ist, nachdem ich Ihnen die beiden anderen beschrieben habe. Auch wenn er tatsächlich einer der beiden war. Denn Danny hat ihn mit seinem Namen angesprochen.«

Er sah Harold an. »War es nicht so, Junge?«

»Ich ...«

»Übrigens möchte ich dir dafür danken, dass du deinen Bruder über meine Köder belogen hast. Sie hätten euch gut und gerne ein paar hundert Dollar eingebracht. Das hast du gewusst. Es war nett von dir, es deinem Bruder zu verschweigen. Und jetzt kannst du deinem Vater auch von meinem Hund erzählen.«

»Ich weiß nichts über Ihren Hund, Mister.«

Selbst wenn er es nicht besser gewusst hätte, wäre Ludlow der Junge nicht sehr überzeugend erschienen. Wenn man log, musste man an die Lüge glauben, wenn man sie vortrug. Der Sprung zwischen Wahrheit und Unwahrheit erfordert eine gewisse Geschicklichkeit, die Harold diesmal nicht besaß. Die Lüge über die Angelköder war ihm besser gelungen.

Da er seinen Sohn kannte, musste auch der Vater die Lüge bemerkt haben. Aber McCormack sagte nichts.

»Die Wahrheit lässt sich viel leichter verdauen, Junge«, sagte Ludlow leise.

»Ich hab nicht ...«

Er beschloss, ihm weiter zuzusetzen.

»Ich habe euch lachen gehört, während ihr über den Hügel zurückgegangen seid. Die ganze Zeit über habe ich euch gehört. Weißt du das?«

Der Junge war kurz davor, in Tränen auszubrechen.

»Ich denke, das reicht jetzt, Ludlow«, sagte McCormack.

Ludlow sah ihn an. Zum ersten Mal erkannte er die wirkliche Härte des Mannes. Er hörte es an der kalten, ausdruckslosen Ruhe in seiner Stimme. Der Mann handelte mit Grund und Boden. Ludlow hätte wetten können, dass McCormack bei seinen Geschäften dieselbe Kaltschnäuzigkeit an den Tag legte.

Aber was war auch anderes zu erwarten? Dannys Gefühllosigkeit musste schließlich irgendwo herkommen.

»Wenn sie sagen, sie sind es nicht gewesen, dann ist es auch so«, sagte McCormack. »Ich fürchte, Sie irren sich.«

Dann stand er auf.

Ludlow verstand, dass er entlassen war.

Im Krieg hatte er gelernt, seine Gefühle herunterzuschlucken. Das tat er auch jetzt.

Es war niemals einfach.

Er erhob sich aus dem Sessel. Danny lächelte ihn an, als hätte er Ludlow durchleuchtet und nichts entdeckt, was ihm hätte Sorgen bereiten müssen. Er öffnete ihm die Tür, so wie er es vermutlich für jeden müden alten Mann getan hätte. Dann gingen beide Brüder zu ihrem Vater hinüber. Einen Moment lang stand Ludlow da und wartete auf ein Flackern in McCormacks Blick. Aber dort regte sich nichts, also wandte er sich schließlich ab.

»Nun, ich habe Sie gebeten«, sagte er.

»Wie bitte?«

»Ich sagte, ich habe Sie gebeten.«

»Mich worum gebeten?«

»In dieser Sache das Richtige zu tun.«

»Es hätte das Richtige sein können, vielleicht. Falls Sie die richtigen Jungs erwischt hätten.«

»Es sind schon die richtigen, Mr. McCormack. *Sie* sind derjenige, der die falschen Jungs hat. Sie hatten sie all die Jahre und haben sie noch heute. Und ich glaube, das wissen Sie auch. Ich denke, jetzt liegt einiges an Arbeit vor mir. Vielen Dank für Ihre Zeit.«

Er blieb in der Tür stehen.

»Sie haben mein Land schon eine ganze Weile im Auge, nicht wahr? Es hat Ihr Interesse geweckt. Deshalb kannten Sie meinen Spitznamen. Deshalb haben Sie mich überhaupt hereingelassen.«

McCormack lächelte. »Um die Wahrheit zu sagen, Sie haben recht. Wie sind Sie darauf gekommen?«

»Sie mussten einen Grund haben. Ich schätze, in dieser Hinsicht unterscheiden Sie sich von Ihrem Sohn. Danny braucht nämlich keinen«, sagte er und trat hinaus in die Eingangshalle.

5

Im Sommer 1950 war Ludlow in einer alten C-54-Transportmaschine aus dem Zweiten Weltkrieg in Korea gelandet, die so schwer beladen war, dass die Rollbahn unter ihrem Gewicht einbrach. Er gehörte zum 29. Infanterieregiment, zu den Truppen, die in der zweiten Woche des Gemetzels eintrafen, das all die Generäle zu Hause für einen Spaziergang hielten. Die Jungs besaßen keinerlei Erfahrung, doch sie wurden so dringend gebraucht, dass die sechswöchige Grundausbildung in den Staaten gestrichen und in eine zehntägige Intensivausbildung umgewandelt wurde, die nach dem Eintreffen in Pusan stattfinden sollte. Daraus wurde aber nichts. Man gestand ihnen nur drei Tage zu, um die Ausrüstung zusammenzusuchen und sich mit den Waffen vertraut zu machen. Dann hob man auch noch diesen Befehl auf, und es ging auf der Stelle nach Chinju. Sie waren noch keinen ganzen Tag in Korea und schon unterwegs an die Front.

Er erinnerte sich an jeden einzelnen von ihnen. Alle wussten, wie unvorbereitet sie waren. Ludlow war klar gewesen, wie wenig ihm sein rückstoßfreies 75-mm-Gewehr gegen die nordkoreanischen T-34-Panzer nützen würde, die bei Osan schon die 24. Division zermalmt hatten. Dicht gedrängt kauerten sie in den Truppentransportern. Jung, verängstigt und völlig ahnungslos, während sie in der entsetzlichen Sommerhitze durch ein Land fuhren, in dem es nach menschlichen Fäkalien stank, weil die Bauern damit düngten.

Er erinnerte sich an Myriaden von Patronenhülsen auf den Reisfeldern. Wie eine schillernde Heuschreckenplage, die dafür sorgte, dass alles nach Schießpulver stank.

Er erinnerte sich an die Leichen der Südkoreaner, die wie verkeilte Baumstämme einen Fluss hinabtrieben oder ganze Berghänge bedeckten.

Das alles raubte ihnen am Anfang fast den Verstand, aber sie lernten schnell dazu, sonst hätten sie nicht überlebt. Korea hatte Ludlow beigebracht zu kämpfen, sich so, wie man sie verstand, an die Regeln zu halten und sich auf sein Wissen und sein Bauchgefühl zu verlassen. Und wenn alles nicht mehr half, weiterzukämpfen mit allem, was er besaß, mit allem, was noch greifbar war.

Andernfalls überrollte einen die Welt, so wie die Sturmtruppen der Nordkoreaner sie damals überrollt hatten.

Er saß in Sam Berrys Büro und sagte: »Ich möchte die Kerle vor Gericht bringen und würde gern wissen, wie ich dabei vorgehe.«

Sam war Rechtsanwalt und seit ihren gemeinsamen Football-Tagen an der Highschool Ludlows bester Freund. Ludlow wusste, dass Sam ein Gleichgesinnter war, denn dessen Hund Buster – ein großer, reinrassiger Irish Setter – hatte Berry einst das Leben gerettet.

Sam war seit dem elften Lebensjahr passionierter Jäger. Er verstand sein Handwerk und war im Umgang mit Waffen stets ruhig und besonnen. Im Herbst vor acht Jahren war er einmal nur mit Buster an seiner Seite auf Fasanenjagd gegangen, obwohl es eigentlich nicht seine Art war, ohne Partner loszuziehen. Zum ersten Mal überhaupt hatte er seine persönliche Sicherheit vernachlässigt und geriet in einem struppigen Busch ins Stolpern, während er den Finger am Abzug der Schrotflinte hatte.

Als er an sich hinabblickte, war der Großteil seines rechten Fußes bis oberhalb des Knöchels verschwunden und hing nur noch an einem blutigen Sehnenstrang. Mit der Jacke band Sam sich das Bein ab, aber das Blut quoll weiter aus der Wunde. Während er ganz allein dort draußen lag, spürte er, wie der Schock einsetzte und er in seiner Benommenheit vergaß, in welcher Richtung die Straße lag.

Er hörte Busters Gebell und sah, wie der Hund ein Stück vorausrannte, stehen blieb, ihn anbellte, weiterrannte, stehen blieb und wieder bellte.

Sam kam es vor, als ob Buster ihn ermutigen wollte, ihm zu folgen. Also rappelte er sich auf. Zuerst hüpfte er ihm hinterher, dann benutzte er das Gewehr als Krücke, schließlich kroch er auf dem Bauch durchs Unterholz, bis er sich in einem Durchlass wiederfand und merkte, dass er nicht mehr weiterkriechen und erst recht nicht den vor ihm liegenden Hügel überqueren konnte, auf dem Buster stand. So blieb er einfach in den Rinnsalen eines spärlich dahinplätschernden Baches liegen.

Der Hund verschwand auf der anderen Seite des Hügels und kehrte gleich darauf zurück, verschwand und kehrte zurück, wieder und wieder.

Währenddessen glitt Sam ein ums andere Mal in einen Traum ab, in dem es warm und behaglich war.

Aber Buster hatte ihn zur Straße zurückgeführt, beinahe jedenfalls. Sie lag direkt hinter dem Hügel. Sam hatte Glück im Unglück, denn zwei Jäger fuhren vorbei und sahen, wie der schöne Irish Setter, ein Jagdhund, aufgeregt hin- und herrannte und sie anbellte. Sie fragten sich, was ein so prachtvolles Tier ganz allein hier draußen tat, und hielten an. Der Hund stürmte den Hügel hinauf und heulte. Die Jäger folgten ihm und fanden Sam, der bewusstlos im Bach lag.

Sein Bein musste unterhalb des Knies abgenommen werden; anschließend warf er alle Hundefutterbüchsen weg und gab Buster bis an sein Lebensende nur noch feinste Rinderlende zu fressen.

Ludlow wusste also, dass Sam Verständnis für sein Anliegen haben würde. Aber dem gefiel von Anfang an nicht, was er zu hören bekam.

»Okay«, sagte Sam, »einen versuchten Raubüberfall kannst du nicht beweisen, dabei stünde dein Wort gegen ihres. Womit wir es hier also zu tun haben, ist ein Fall von Tierquälerei mit Todesfolge, eventuell noch fahrlässiger Schusswaffengebrauch. Das sind in diesem Bundesstaat Stufe-D-Verstöße. Bagatellvergehen.«

»*Bagatellvergehen?* Allmächtiger.«

»Stimmt. Und es wird noch schlimmer. Ich sage es ja nicht gern, aber ich weiß nicht mal, ob es überhaupt zu einer Anklage kommen würde.«

»Warum?«

»Lass uns erst mal davon ausgehen, dass der Junge achtzehn oder älter ist. Falls er das nicht ist, kommt der Fall sowieso vor das Jugendgericht. Und das gibt dem Jungen höchstens einen Klaps auf den Hintern, was für dich reine Zeitverschwendung wäre. Aber angenommen, er ist achtzehn. Ein Verbrechen wie dieses würde an einen Richter im Bezirksgericht gehen. Unter Abschnitt 17, Paragraf 1031, Tierquälerei mit Todesfolge. Das dafür vorgeschriebene Bußgeld beträgt einhundert Dollar, obwohl ein Staatsanwalt theoretisch mehr fordern könnte. Ich sage theoretisch, weil die meisten Staatsanwälte mit hundert Dollar und einer kurzen Haftstrafe zufrieden wären. Die Höchststrafe, die man vor Gericht für Tierquälerei fordern kann, sind 364 Tage. Aber offen gesagt würde kein vernünftiger Staatsanwalt mehr als dreißig Tage verlangen. Fakt ist, er würde hoffen, dass er zehn Tage herausschlägt.«

»Zehn Tage. Hundert Dollar.«

Sam nickte. »Richtig. Du siehst, worauf ich hinauswill. Verdammt, Av, allein die Vorladung aufzusetzen kostet den Staat schon mehr als hundert Dollar. Ganz zu schweigen von den Kosten, um den Bengel dann auch wirklich vor den Kadi zu zerren.

Es tut mir leid, Gott ist mein Zeuge. Aber Tatsache ist, dass es kaum Staatsanwälte gibt, die sich gern mit so etwas befassen. Es sei denn, sie haben es mit einem Wiederholungstäter zu tun oder einer größeren Zahl an getötetem oder verletztem Vieh. Ich rede hier von *Besitz*, Av. Vor dem Gesetz ist ein Tier ein *Besitz*. Nicht nur bei uns in Maine, sondern in fast jedem verdammten Bundesstaat.

Wie viel könnte der alte Red also auf dem freien Markt wert sein? Was ist dieser Tage wohl der gängige Preis für einen guten, alten, treuen Hund?«

Ludlow versuchte, seine in die Stuhllehne verkrallten Finger zu lockern. Er verspürte ein hohles Gefühl im Magen, als wollte dieser ihm sagen, dass er seit Tagen nichts gegessen hatte. Er hatte Lust, auf irgendetwas einzuschlagen. Etwas kaputt zu machen.

Er wollte dem Jungen Schmerz zufügen. Irgendwie.

»Der Sheriff könnte ihn festnehmen, oder? Wenigstens das könnte er doch tun. Um dem kleinen Scheißkerl Gottesfurcht beizubringen.«

Sam schüttelte den Kopf. »Um den kleinen Scheißkerl festzunehmen, hätte der Sheriff *sehen* müssen, wie er schoss.«

»Was?«

»So lautet das Gesetz in Bezug auf Tiere. Dasselbe gilt für fahrlässigen Schusswaffengebrauch. Er hätte tatsächlich dabei sein müssen. Nein, bestenfalls kannst du darauf hoffen, dass sie den Jungen zu einer Anhörung vorladen. Und wie gesagt, selbst das kann ich dir nicht garantieren.«

»Allmächtiger.«

»Ich weiß. Es ist ungerecht. Durch und durch ungerecht. Aber so sind unsere Gesetze.«

»Verdammt, Sam. Ich kann *beweisen*, dass er ihn erschossen hat. Ich habe die Patronenhülse.«

»Ja und? Überlege doch mal, was du da verlangst, Av. Du möchtest, dass ein Staatsanwalt einen Durchsuchungsbefehl ausstellt, um die Browning sicherzustellen – die McCormack vielleicht längst entsorgt hat, da du ja so freundlich warst, ihn zu warnen – und sie anschließend ballistisch zu untersuchen, um das Gewehr der Patrone zuzuordnen. Du willst, dass der Staatsanwalt den Jungen vorlädt, Anklage gegen ihn erhebt und ein Verfahren einleitet. So viel Zeit, so viel Arbeit und so viele *Kosten* für einen alten Hund, den du längst begraben hast.«

Ludlow beobachtete, wie sein Freund unbehaglich auf dem Stuhl herumrutschte. Nicht zum ersten Mal dachte er, dass Sam dringend ein bisschen Gewicht loswerden müsse. Und dass sein Unbehagen nicht allein von ihrem Gesprächsthema herrührte. Berry war ein groß gewachsener, kräftiger Mann, aber seit dem

Unfall bekam er viel weniger Bewegung. Er verlor Muskelmasse und setzte Fett an. In Moody Point waren nicht mehr viele Freunde von Ludlow am Leben. Er wollte Sam nicht durch einen Herzinfarkt oder Schlaganfall verlieren. Aber es war nicht üblich, dass sie gemeinsam über solche Dinge redeten.

»Hör zu«, sagte der Anwalt. »Ich wünschte, ich könnte sagen, es wäre ein Kinderspiel, aber das ist es nicht. Trotzdem werde ich im Büro des Sheriffs anrufen und Tom Bridgewater deine Anzeige melden. Er wird sie ans Büro des Staatsanwalts weiterleiten. Ich hoffe, die Sache hat ein bisschen mehr Gewicht, wenn die Meldung von mir kommt. Tom wird dich entweder anrufen oder bei dir vorbeischauen. Und du gehst jetzt am besten nach Hause und ruhst dich aus. Ich strecke in der Zwischenzeit mal die Fühler aus und schaue, was ich über McCormack und seine Familie in Erfahrung bringen kann. Ach, verdammt. Ich weiß zwar nicht, ob es hilfreich ist, aber warum nicht: Du sagst, sie hätten einen dritten Jungen erwähnt, richtig?«

»Ja. Einen Typ namens Pete.«

»Und du glaubst, das könnte der Dritte gewesen sein?«

»Sie sagen, sie wären den ganzen Tag mit ihm zusammen gewesen und nach Plymouth gefahren. Was sich ja überprüfen lässt.«

»Schön. Also Pete.« Er notierte den Namen.

»Danke, Sam.«

»Du kannst mir danken, wenn wir etwas auf die Beine gestellt haben.« Über den Schreibtisch hinweg sah er Ludlow einen Moment lang forschend an. »Hast du in letzter Zeit mal mit Alice telefoniert?«

»Zu Weihnachten, glaub ich.«

»Du solltest sie mal anrufen. Wie viele Töchter hast du denn, wenn du verstehst, was ich meine?«

Sams einziger Sohn war bei der Geburt gestorben. Seine Frau war jetzt seit zwanzig Jahren tot. Er lebte allein.

»Red war früher auch *ihr* Hund, oder?«, fragte er.

»Stimmt.«

»Na, dann ruf sie an.«

Ludlow stand auf, und sie gaben sich die Hand.

»Könnte sein, dass du ihn noch mal ausgraben musst«, sagte der Anwalt. »Falls tatsächlich ein Verfahren zustande kommt.«

»Ich werde tun, was ich tun muss«, sagte Ludlow.

»Daran hab ich keinen Zweifel«, sagte Sam.

6

Als er durch die Vordertür ins Haus hineinging, schlug ihm aus dem Kamin der vertraute Geruch von verbranntem Holz entgegen, der aus dem Sofa und den Sesseln nicht mehr herausging. Sein Blick streifte das Telefon auf dem Beistelltisch. Ja, er würde sie anrufen, aber nicht jetzt.

Das Zimmer war ohnehin schon klein, aber mit dem schweren Sofa, den beiden voluminösen Polstersesseln und dem selbst gebauten Bücherregal an der Wand hatte er den Raum dermaßen vollgestellt, dass er nun eher wie ein Lese- als wie ein Wohnzimmer wirkte. Es gab keinen Fernseher – als er kaputtgegangen war, hatte Ludlow keine Lust gehabt, einen neuen zu kaufen –, nur ein Radio, das neben dem Telefon stand. Er überlegte, ob er es einschalten sollte, ging dann aber in die Küche.

Im Kühlschrank lagen noch die Reste des Brathuhns, das er und Red zwei Abende zuvor nicht ganz aufgegessen hatten. Er nahm es heraus, legte es auf einen Teller, setzte sich an den Tisch und begann, mit den Fingern zu essen. In der Küche herrschte vollkommene Stille. Er hörte, wie er das kalte feuchte Hühnerfleisch abriss und an den Gelenken die Sehnen durchbrach. Er hörte, wie er sich die Finger ableckte.

Als er fertig war, warf er die Knochen weg und ging zur Spüle, um das Frühstücksgeschirr und den fettigen Hühnerteller abzuwaschen. Am Fenster sammelten sich in der Abenddämmerung schon die ersten Motten, die vom Licht angezogen wurden. Wenn es dann richtig dunkel war, würden sie in ihrer unerklärlichen Gier nach Helligkeit die ganze Scheibe bedecken. Flügel an Flügel, dicht aneinandergedrängt, die flaumigen Bäuche gegen das kühle Glas gepresst. Die Nachzügler würden wie Wahnsinnige vor dem Fenster herumflattern, ganz im Stile von Fledermäusen. In der Stille der Küche hörte er ihnen manchmal zu. Dann dachte er an seine Frau, die Zeit vor ihrem Kater Adam und der Renovierung, als sie auf dem Dachboden noch echte Fledermäuse gehört hatten. An solchen Abenden erschien ihm Mary wie ein Schatten, der plötzlich auf ihn fiel, nur um ihn und Red gleich darauf abermals zu verlassen.

Um acht rief er Tom Bridgewater an. Ludlow erzählte ihm alles genau so, wie er es zuvor auch Sam Berry berichtet hatte.

Tom hörte ihm zu, dann sagte er seufzend: *Grundgütiger. Diese verdammten Gören. Glauben, sie kämen mit allem davon, und das Schlimmste ist: In der*

Hälfte der Fälle gelingt es ihnen auch noch. Ludlow wusste, dass auch Tom zwei Söhne im Teenageralter hatte, die sogar als Söhne des Sheriffs schon einige Male unangenehm aufgefallen waren. Einmal hatten sie aus D. L. Fleurys Laden *Playboy*- und *Penthouse*-Hefte mitgehen lassen, ein anderes Mal waren sie morgens um zwei mit einem Freund sturztrunken durch die Gegend gefahren und hatten die halbe Stadt aufgeweckt.

Tom meinte, er solle die Patronenhülse gut aufbewahren. Er würde morgen früh gleich das Büro des Staatsanwalts anrufen und sehen, was sich machen ließe.

Ludlow legte auf und hatte das Gefühl, dass auch Tom, genau wie Sam, grundsätzlich auf seiner Seite stand, sich aber ebenfalls nicht sicher war, ob die Behörden etwas unternehmen würden.

Er holte ein Bier aus dem Kühlschrank und trank es am Tisch aus, holte ein zweites, setzte sich wieder hin und lauschte den abendlichen Geräuschen und der Sommerbrise hinter ihm am Fenster. Er schlief am Tisch ein, den Kopf auf den Handrücken gebettet. Träumte, dass seine Tochter Alice wieder ein kleines Mädchen sei und auf der Schaukel säße, die früher an der Eiche gehangen hatte, neben der er nun Red begraben hatte.

Unten am Hang konnte er zwei Jungen erkennen, der eine war ungefähr elf, der andere ein ganzes Ende älter. Sie standen im Schatten und wandten ihm den

Rücken zu, aber er erkannte sie trotzdem. Tiefe Traurigkeit überkam ihn, während er sie dort stehen sah. Er ging auf Alice zu und rief sie zum Abendessen ins Haus, aber sie schüttelte den Kopf. *Nein, noch nicht,* sagte sie und blickte zu den schattenhaften Gestalten am Hang zurück.

Die Toten kehren vor uns heim, sagte sie. *Aber wir müssen noch vieles erledigen.*

Plötzlich schreckte er aus dem Schlaf hoch. Das Erste, was er bemerkte, war der aufgescheuchte Mottenschwarm am Fenster über der Spüle. Dann hörte er Geräusche, etwas, das draußen am Haus entlangstrich und groß genug war, um die Insekten aufzuschrecken. Er erhob sich mühsam vom Stuhl und ging zum Fenster. Dabei wurde er sich seiner lauten Schritte auf dem Holzfußboden bewusst. Tiere schloss er aus, denn das Wild kam niemals bis zum Haus, nicht solange drüben die Brombeersträucher standen, an denen es knabbern konnte. Auch ein Waschbär kam nicht infrage, sie waren viel zu klein. Aber vielleicht war es ein Braunbär, obwohl sie in der Gegend äußerst selten waren. Dann wurde ihm schlagartig bewusst, dass es auch ein Mensch sein konnte.

Er hatte aus Prinzip keine Schusswaffen im Haus, aber nun fiel ihm ein, dass ihm ein Gewehr durchaus nützlich sein konnte. Denn weder Bären noch Menschen waren ausnahmslos freundlich.

Hinter dem Fenster sah er nichts außer sternenloser Dunkelheit.

Er ging zur Hintertür und schaltete das Licht auf der Veranda ein. Da vernahm er plötzlich Schritte im hohen Gras neben dem Haus. Er erreichte gerade noch rechtzeitig das Schlafzimmerfenster, um eine groß gewachsene Gestalt davonlaufen und hinter den Bäumen am Straßenrand verschwinden zu sehen.

Er kehrte in die Küche zurück und sah die Patronenhülse, die noch immer auf dem Tresen neben der Spüle stand. Sie war von draußen deutlich zu erkennen. Er fragte sich, ob ihr Vorhandensein wohl etwas mit dem ungebetenen Gast zu tun hatte.

Er steckte das Projektil ein.

Auf der Wanduhr sah er, dass es nach Mitternacht war und damit vermutlich zu spät, um seine Tochter noch anzurufen.

Er ging ins Wohnzimmer und zog ein Buch aus dem Regal, eines über den großen Rocky-Mountains-Kohlerevierkrieg Anfang des 20. Jahrhunderts. Er nahm es mit ins Bett, merkte aber bald, dass er sich weder auf die Nationalgarde und Mutter Jones konzentrieren, noch über der Lektüre einschlafen konnte. Deshalb lag er einfach nur da und spürte das seltsam beruhigende Gewicht des aufgeschlagenen Buches auf seinem Bauch. Und genau so wachte er am nächsten Morgen auf, als die ins Schlafzimmer einfallenden Sonnenstrahlen seine Träume zerstäubten wie den Nebel auf der Goldrute.

7

»Sie sind in Abwartestellung gegangen«, sagte Sam. Der schwere alte Bakelit-Telefonhörer in Ludlows Hand fühlte sich wie ein Gegenstand an, mit dem man etwas zertrümmern konnte. »Sie möchten, dass du ins Sheriffbüro kommst und deine Anzeige unterschreibst. Und sie wollen die Patronenhülse. Ich habe gefragt, ob das bedeutet, dass sie ein Verfahren einleiten wollen, aber sie sagten bloß *›Mal sehen‹*. Was wohl immer noch besser ist als: *›Nie im Leben‹*.«

»Ich fahre rüber, nachdem ich bei Bill im Laden nach dem Rechten gesehen habe.«

»Gut. Über die McCormacks habe ich in der Zwischenzeit einiges herausbekommen. Ein Bekannter in der Handelskammer sagte mir, McCormack verkehre neuerdings in besseren Kreisen, aber das habe sich wohl erst vor Kurzem ergeben. Portland Country Club und solche Sachen. Er hat sein Geld auf die gleiche Art gemacht wie sein Vater, mit Lastwagen. Das hat ihn wohl eine Weile davon abgehalten, auf die gesellschaftliche Überholspur zu wechseln. Der

Alte soll ein bösartiger Mistkerl gewesen sein. Hatte ein Strafregister so lang wie dein Arm, meistens wegen Trunkenheit und öffentlicher Ruhestörung. Michael McCormack ist noch nicht aktenkundig.

Er zockt mit Immobilien. Kauft jede Menge Gold. Hat gut eingeheiratet. Der Mädchenname seiner Frau ist Edith Springer. Ihre Familienwurzeln reichen bis in die Kolonialzeit zurück. Hast du sie gesehen, als du bei ihnen warst?«

»Nein.«

»Es heißt, sie sei Alkoholikerin. Eine attraktive zwar, aber nichtsdestotrotz eine Alkoholikerin. Man sieht es ihr wohl nicht an.

Wie auch immer, die Familie hat Geld und Einfluss, aber eigentlich kommt McCormack aus der Arbeiterklasse. Nur eine Generation liegt zwischen diesen Wurzeln und ihm. Inzwischen betrachtet er sich gern als eine Art Gutsherr. Ihm gehören vierzig Hektar Grund und ein Haus am Meer in der Nähe von Cape Elizabeth, dazu diverse Baumplantagen, und landeinwärts züchtet er Pferde.«

»Was sind das für Immobiliengeschäfte? Er hat mir gestern praktisch ein Angebot für meinen Laden gemacht.«

»Ich denke, das ist sein Hobby. Um Geld geht es ihm dabei jedenfalls nicht. Es scheint ihm Spaß zu machen, Grundstücke aufzukaufen und sie in Bauland für Shoppingcenter und große Laden- und Restaurantketten zu verwandeln. In *seiner* Nachbarschaft gibt es so etwas natürlich nicht. Er gehört zu einer Investorengruppe in Portland. Sie waren in unserer Gegend schon ziemlich aktiv, sind aber auch im Norden bis nach Bagor gut im Geschäft. Inzwischen meine ich auch zu wissen, wer der dritte Junge ist.«

»Wie hast du *das* rausgekriegt?«

Berry lachte. »Sagt dir der Name Sally Abbot etwas?«

»Nein.«

»Nun, wie du weißt, war ich früher ein richtiger Schürzenjäger. Ich meine, bevor ich Sarah kennengelernt habe. Damals hatte ich noch zwei gesunde Beine und am Wochenende verwandelte ich mich in einen Partylöwen. Eine der Damen, die ich damals traf, war besagte Sally. Ausgesprochen klug und hübsch war sie. Wäre ich Sarah nicht begegnet, hätte ich Sally vielleicht sogar geheiratet. Wer weiß? Damals wohnte sie draußen in Old Orchard Beach. Seit etwa zwanzig Jahren unterrichtet sie Mathematik an der Moody-Point-Highschool. Sally kennt die McCormack-Brüder und meint, sie hätten einen Freund namens Pete Daoust, der eher zu den beleibteren Zeitgenossen gehöre. Wahrscheinlich ist er das.«

»Daoust. Buchstabier das mal.«

Berry tat, wie ihm geheißen.

»Und was erzählt sie über die Jungen?«

»Genau das, was man erwarten würde. Der Älteste, Danny, macht ständig Ärger. Keine schlimmen Sachen, aber sie hätte mit ihm so ihre Probleme gehabt.

Vor einem Jahr hat er seinen Abschluss gemacht, hängt aber trotzdem immer noch viel an der Schule herum. Er hält sich für unwiderstehlich. Sally meinte allerdings, er habe tatsächlich jede Menge Verehrerinnen. Der jüngere Bruder, Harold, hat nie eine ihrer Klassen besucht, aber sie hatte den Eindruck, dass er viel umgänglicher sei als Danny.«

»Was ist mit Daoust?«

Sam lachte erneut. »Sally glaubt, dass Pete mit seiner großen Klappe und seinem Spatzenhirn eines Tages für den Gouverneursposten kandidieren wird. Weißt du, Av, ich hatte völlig vergessen, wie sehr ich die Frau mal mochte. Ich frage mich, ob sie immer noch tanzen geht.«

Ludlow legte auf, holte das Telefonbuch aus der Schublade und suchte den Namen Daoust heraus. Es gab nur einen Eintrag unter diesem Namen. Die Adresse lautete Cedar Road. Nicht im Entferntesten so nobel wie Northfield. Aber es lag in der Nähe von Miller's Bend, was vielleicht erklärte, warum die Jungen an dem Tag zum Fluss hinuntergekommen waren.

Er fuhr zum Laden und parkte neben Bill Prines Ford. Es waren die beiden einzigen Fahrzeuge auf dem Stellplatz.

Drinnen packte Bill einen Karton mit 100-Watt-Glühbirnen aus und räumte sie ins Regal ein. Er blickte auf, als an der Tür die Kuhglocke läutete, und lächelte ihm zu.

»Hey, Av.«

»Wie geht's, Bill?«

Bill setzte seine Arbeit am Regal fort. Ludlow bemerkte, dass die Hände seines Angestellten ganz ruhig waren.

Abends war Bill Prine ein hartgesottener Trinker. Einige glaubten sogar, er sei Alkoholiker. Tagsüber aber war er der verlässlichste Mensch, dem Ludlow je begegnet war.

Und er war überzeugt, dass Bill wahrscheinlich auch einer Schlange die Giftzähne abschwatzen konnte.

Bill hatte vor einigen Jahren lokale Berühmtheit erlangt, als eines Abends ein Mann aus Buxton in Ludlows Laden kam und versuchte Bill auszurauben. Der Mann hatte nicht eine, sondern gleich zwei Waffen bei sich und war sternhagelvoll. Bill war allein im Laden, deshalb befolgte er die Anweisungen des Mannes und schüttete den gesamten Inhalt der Kasse in eine Papiertüte. Dann starrte er auf eine der Waffen und sagte: »Oh Gott, was für ein schöner Revolver. Was ist das für einer? Smith & Wesson?« Der Mann nickte und sagte: »Ja, eine Smith & Wesson .44 Magnum.« Bill fragte, ob er sie ihm abkaufen könne, und nach einigem Gefeilsche einigten sie sich auf einen Preis.

Bill bezahlte ihn mit seiner persönlichen Barschaft und der Mann legte ihm die Magnum auf den Tresen.

Dann bewunderte Bill die andere Waffe – einen *Colt Detective Special*. Für den verständigten sie sich auf einen etwas niedrigeren Preis. Wieder bezahlte ihn Bill, ging seelenruhig zur Tür und schloss ab, während der Mann noch das Geld der zweiten Transaktion nachzählte. Bill ging zurück hinter den Tresen, nahm die Waffen an sich und rief die Polizei.

Ludlow und Prine waren sich einig, dass der Mann wahrscheinlich der dümmste Räuber im Bundesstaat Maine, wenn nicht sogar in den gesamten USA war. Der Vorfall ging in die Geschichte von Moody Point ein und wurde zu einer Legende. Bill kam in die Zeitung und mit ihm auch *Ludlow's General Store*. Ludlow glaubte, dass ihm die daraus resultierende Popularität noch heute, drei Jahre später, zusätzliche Kundschaft brachte.

Warum Bill trank, wusste er nicht. Bill hatte es auch nie für nötig befunden, es ihm zu verraten. Aber es beeinträchtigte seine Arbeit nicht. Er hatte immer noch ruhige Hände. Soweit es Ludlow betraf, war die Sache damit erledigt.

»Ist die Coleman-Bestellung eingetroffen?«

»Ja, heute morgen. Steht alles hinten. Willst du es durchgehen oder soll ich mich darum kümmern?«

»Ich muss ein paar Sachen erledigen. Würde es dir etwas ausmachen, wenn ich gleich wieder verschwinde?«

»Nein. Ich stehle einfach wieder ein bisschen Kleingeld aus der Kasse, das ist alles.«

»Tu das. Okay, wir sehen uns später. Vielleicht so gegen drei.«

»Lass dir Zeit. Ich komm schon zurecht. Soll ich die Coleman-Bestellung nun auspacken oder nicht?«

»Fang schon mal an, ja.«

Er stieg wieder in den Wagen und fuhr durch die hügelige Landschaft, vorbei an einem dunklen dichten Zedernwald, hinter dem die Cedar Hill Road begann.

Die Nummer 118 war ein kleines Haus, das seinem eigenen ähnelte. Abgesehen davon, dass es hier auf beiden Seiten, wenige Schritte entfernt, Nachbarn gab. Alle drei Haushalte schienen gleichermaßen unwillig zu sein, Dinge wegzuwerfen. Bei den Daousts waren es eine Waschmaschine, die vor sich hin rostend an einer Hauswand lehnte, eine Matratze und ein Sprungbock. Nebenan waren es ein Stapel Reifen und ein alter V-8-Motor, der so auf einem Baumstumpf positioniert war, als wäre er darauf gewachsen.

Unkraut bedeckte die nicht voneinander abgegrenzten Vorgärten wie ein mottenzerfressener Flickenteppich.

Er erklomm die Holzstufen und klingelte, wartete eine Weile und klopfte schließlich an. Er hörte eine Frauenstimme nach jemandem namens Willie rufen, bei dem es sich offensichtlich um den *W. Daoust* aus dem Telefonbuch handelte.

Der Mann, der die Tür öffnete und hinter dem Fliegengitter stehen blieb, war einen Kopf kleiner als Ludlow. Er war Mitte fünfzig, übergewichtig wie sein Sohn und er hatte graues schütteres Haar. Er trug eine Nickelbrille und eine dunkle Hose mit Hosenträgern über einem schmuddeligen weißen T-Shirt. Falls man einen Menschen nach seinen Schuhen beurteilen kann, war dieser Mann ungepflegt und konservativ. Seine alten schwarzen Schnürschuhe waren zerkratzt und stammten aus der untersten Preisklasse.

»Mr. Daoust? Ich bin Avery Ludlow.«

»Ich weiß, wer Sie sind.«

»Dann haben Sie wohl mit Mr. McCormack gesprochen.«

»McCormack redet nicht mit einem arbeitslosen Tischler wie mir. Sein Sohn hat meinen Jungen angerufen.«

»Danny hat ihn angerufen?«

»Ja, Danny.«

»Und?«

»Und was? Hören Sie, Ludlow, Pete sagt, sie wären nach Plymouth gefahren und hätten dort im Shoppingcenter rumgehangen. Sogar zwei CDs haben sie dort gekauft. *Teure* CDs. Von einem Gewehr oder Hund hat er nichts erzählt.«

»Vielleicht sind sie ja davor oder danach tatsächlich nach Plymouth gefahren. Darüber weiß ich nichts. Aber gegen vier Uhr nachmittags waren sie draußen in Miller's Bend. Und als ihnen das Geld, das sie von mir hätten kriegen können, nicht reichte, hat Danny McCormack meinen Hund erschossen. Und Ihr Sohn Pete stand daneben und hat gelacht.«

Der Mann wirkte ängstlich. Ludlow hatte das Gefühl, Daoust stellte sich in dem Augenblick tatsächlich vor, dass sein Sohn sich so verhielte.

»Hören Sie ...«

Hinter ihm erschien eine Frau. Ludlow wurde klar, dass die ganze Familie zur Fettleibigkeit neigte, denn ihre Jeans waren viel zu eng, genau wie die quer gestreifte, blauweiße Bluse. Sie hielt eine Kehrschaufel und einen Handfeger in den Händen. Mit dem Feger deutete sie auf ihn, wie eine Lehrerin mit einem Bleistift mahnend auf einen unaufmerksamen Schüler zeigt.

»Mr. Ludlow, ich habe alles gehört«, sagte sie, »und ich würde gern wissen, was Ihnen einfällt, hier einfach aufzukreuzen. Wenn Sie mit den McCormacks ein Problem haben, klären Sie es mit denen. Denn so wie ich die Geschichte verstehe, ist, falls die Jungs wirklich nicht die Wahrheit gesagt haben sollten – was ich hier mit keiner Silbe behaupten will –, offensichtlich Danny McCormack derjenige, mit dem Sie Ärger haben. Also halten Sie uns doch bitte schön raus aus der Sache, ja?«

»Es tut mir wirklich leid, Mrs. Daoust. Aber wenn Sie gehört haben, was ich gesagt habe, dann wissen Sie, dass Ihr Sohn bei einem versuchten Raubüberfall dabei war. Und dass er es lustig fand, als sein Freund meinen Hund erschoss. Was sollte mich also dazu veranlassen, Ihren Pete aus der Sache rauszulassen?«

»Er hat Ihren Hund nicht erschossen.«

»Er war aber dabei. Und er hat den Jungen gesehen, der es getan hat. Ich möchte, dass er es zugibt.«

»Vielleicht tut es ihm ja leid. Schon mal daran gedacht?«

»Entschuldigen Sie, aber wie kann es ihm leidtun? Wo er doch abstreitet, dass es überhaupt passiert ist?«

Die Frau sah ihren Mann an, dann blickte sie zurück zu Ludlow, der nun wusste, dass er sie zumindest fürs Erste am Schlafittchen hatte.

»Hören Sie«, sagte er, »ich wäre bereit, Ihrem Sohn zu verzeihen, falls er den Mut und den Anstand hat, zu seiner Rolle in der Geschichte zu stehen und dem Sheriff zu schildern, was geschehen ist. Was Danny McCormack getan hat. Sie haben recht, Pete hat nicht geschossen. Und ich weiß, dass ein Junge manchmal sehr hartherzig sein kann und es später bitter bereut. Ich möchte nur, dass er die Wahrheit sagt. Reden Sie mit ihm. Sagen Sie ihm, er solle jetzt das Richtige tun. Um mehr bitte ich Sie nicht.«

Er zog einen Kugelschreiber und einen Notizblock aus der Hemdtasche und schrieb seine private und die Nummer seines Ladens auf. Dann riss er den Zettel ab und hielt ihn beiden hin. Der Mann zog das Fliegengitter kurz einen Spalt weit auf, als hätte er Angst, einen Hornissenschwarm ins Haus zu lassen.

»Danke«, sagte Ludlow. »Es wäre schön, wenn Sie mich anrufen, sobald Sie mit Pete gesprochen haben.«

Als er in seinen Pick-up stieg, hörte er Geschrei im Haus, aber er konnte nicht verstehen, worum es ging. Es waren drei Stimmen. Die dritte, die hohe weinerliche, gehörte Pete. Er fragte sich, ob es den Eltern wohl gelingen würde, ihren Jungen zur Vernunft zu bringen.

Vom Nordufer des Sabogo-Sees zogen Wolken auf, während er in die Stadt zurückfuhr. Er hatte einen metallenen Geschmack im Mund, was ihm sagte, dass ein Sommersturm bevorstand. Als er am Gerichtsgebäude vorfuhr, fielen die ersten Regentropfen in einer Größe von Zehn-Cent-Münzen auf seine Windschutzscheibe. Er kurbelte auf der Fahrerseite das Fenster hoch und stieg aus in die stille, dunkle Luft.

Als er das Sheriffbüro betrat, sah er Tom Bridgewater am Schreibtisch sitzen und einen Krapfen aus Arnie Grohns Restaurant essen. Er las und trank Kaffee. Das Buch in seiner Hand war *La Bête Humaine* von Emile Zola. Tom war zu drei Vierteln durch damit.

»Nichts zu tun, Tom?«

Tom lächelte und legte das Buch auf einen Stapel Papiere. Sein linker Schneidezahn hatte eine Goldkrone und war etwas länger als der rechte, der nicht überkront war. Mit dem Gold im Mund sah er aus wie ein Hinterwäldler. Aber das war Tom nicht. Er hatte irgendwo im Süden einen Universitätsabschluss in Kriminologie gemacht und sich fast vollständig durch die öffentliche Bibliothek von Moody Point gelesen. Er züchtete Honigbienen und wusste wahrscheinlich mehr darüber als irgendjemand sonst in diesem Staat. Ludlow fand es ganz normal, dass die Leute selten so waren, wie sie auf den ersten Blick zu sein schienen. Tom war einfach nur faul – was seinen beruflichen Aufstieg betraf und den Umstand, sich den Zahn vernünftig überkronen zu lassen.

»Doch, jede Menge«, sagte er. »Ich stecke bis zum Hals in Schreibkram. Hast du von der Frau gestern gehört? Sie steht an einer Tankstelle an der 91, bezahlt das Benzin und sieht, wie draußen ein Mann in ihren Wagen steigt. Sie hat den Zündschlüssel stecken lassen. Und auf dem Rücksitz schläft ihre sechsjährige Tochter. Der Kerl fährt also los. Aber die Frau hat schon die Beifahrertür aufgerissen, bekommt mit einer Hand das Lenkrad zu fassen und schlägt mit der anderen wie eine Furie auf ihn ein. Der Mann versucht also, sie hinauszustoßen. Sie greift unter den Vordersitz und zieht die Lenkradverriegelung heraus, diese schwere Metallstange, und schlägt *damit* auf ihn ein. Währenddessen hängt sie halb aus dem Wagen, der Kerl schleift sie fünfhundert Meter mit und rast dann in ein *Roy-Rogers-Restaurant*. Sie zerrt ihn aus dem Wagen, nimmt die Metallstange, schlägt ihm den Schädel ein und bricht ihm obendrein noch beide Beine! Der Kerl winselt um sein Leben. Hat man so was schon gehört? Wir haben ihn wegen Überfall und Entführung einkassiert. Von dem Kind auf dem Rücksitz hatte er gar nichts gemerkt.«

Tom griff nach dem Buch und hielt es hoch. »Aber dieser Zola ist echt klasse«, sagte er. »Du hast ihn nie gelesen?«

»Nein.«

»Solltest du mal tun. Das hier handelt von einem Mann, der im Fenster eines vorbeifahrenden Zuges einen Mord sieht. Er hat schon immer mal jemanden umbringen wollen, nur fehlt ihm der Mut dazu. Deshalb hängt er sich wie eine Klette an die beiden Leute, die den Mord im Zug begangen haben, und treibt sie in den Wahnsinn. *Nana* hast du auch nicht gelesen?«

»Nein.«

»Solltest du mal versuchen, Av. Ich wünschte, ich könnte die Jungen oder auch Evelyn zum Lesen bringen. Evelyn liest bloß Zeitung. Mit den Jungs ist es noch schlimmer. Bei denen bin ich schon froh, wenn sie mal einen Blick ins Fernsehprogramm werfen. Das mit deinem Hund tut mir leid. Hast du die Patronenhülse mitgebracht?«

Ludlow reichte sie ihm.

Tom betrachtete die Patrone und schnupperte daran. Dann steckte er sie ein, schob sich den letzten Bissen vom Krapfen in den Mund, nahm den Styropor-Kaffeebecher und erhob sich.

»Wir gehen rüber zu Phil Jackman.«

Sam Berry hatte den Namen des stellvertretenden Staatsanwalts am Telefon erwähnt, aber begegnet war Ludlow dem Mann noch nie. Sie gingen den Flur hinunter zu seinem Büro. Eine hübsche brünette Empfangsdame meldete sie an, Tom öffnete die Milchglastür, und sie gingen hinein.

Das Büro war vollgestopft mit Büchern und Akten. Schlimmer als bei Tom, falls das überhaupt möglich war.

Jackman saß in einem Hemd am Schreibtisch, den perfekten Windsor-Krawattenknoten stark gelockert. Er schaute von einer eng beschriebenen Akte auf. Erst aus dem Fenster, wo es donnerte, dann zu Tom und Ludlow. Er stand auf und war viel größer, als er im Sitzen gewirkt hatte. Er reichte ihm die Hand.

»Mr. Ludlow?«

Das Handgelenk unter dem Hemdsärmel war dünn, so wie auch der Rest von ihm. Aber Jackmans Händedruck war fest.

»Av«, sagte Ludlow.

Der stellvertretende Staatsanwalt gab Ludlow den Bogen, der auf dem Schreibtisch lag.

»Tom hat Ihre Anzeige gegen den McCormack-Jungen aufgesetzt. Lesen Sie diese bitte durch. Achten Sie darauf, dass alles richtig ist. Falls Sie noch etwas hinzufügen möchten, sagen Sie es uns bitte.«

»Heißt das, Sie erheben Anklage?«

»Es heißt, die Staatsanwaltschaft denkt darüber nach.«

»Sie denkt darüber nach?«

»Ich muss mit dem Bezirksstaatsanwalt reden. Es ist seine Entscheidung.«

»Aber Sie, Mr. Jackman, was würden Sie tun?«

»Das weiß ich nicht. Bisher steht Ihr Wort gegen das der anderen Seite. Andererseits sind es drei Teenager und Sie ein angesehener Geschäftsmann. Haben Sie die Patronenhülse mitgebracht?«

»Ich habe sie«, meldete sich Tom.

»Gut.«

Ludlow las die Anzeige durch. Tom hatte gute Arbeit geleistet. Der Text war nüchtern und sachlich, aber es stand alles drin. Es war besser geschrieben, als er selbst es je vermocht hätte. Er nahm an, dass Toms Gelese wohl wirklich zu etwas nütze war.

»Ist alles richtig, was hier steht.«

Jackman reichte ihm einen Kugelschreiber. Ludlow beugte sich zum Schreibtisch hinab und unterschrieb an der Stelle, wo *Kläger* stand. Als er sich wieder aufrichtete, spürte er ein Zwicken im unteren Rücken. Es war das vertraute Ziehen an den Nervenenden, das ihn seit dem Krieg hin und wieder befiel. Es strahlte bis ins Bein hinunter. Eine muskuläre Verschwörung in seinem Innern, die nicht wollte, dass er wieder aufrecht stand. Er zuckte zusammen und straffte mühsam den Rücken.

Tom Bridgewater bemerkte es.

»Alles in Ordnung, Av?«

»Ist bloß der Rücken. Manchmal will er nicht so wie ich.«

Er wandte sich Jackman zu. »Wie geht es jetzt weiter?«

»Ich spreche heute Nachmittag mit Bezirksstaatsanwalt Phelps. Sobald es entschieden ist, unterrichten wir Sie. In der Zwischenzeit bitte keine weiteren Besuche bei den McCormacks. Und auch keine Kontaktaufnahme mit dem Daoust-Jungen.«

»Die gab es bereits.«

»Wie bitte?«

»Nun, nicht direkt mit dem Jungen. Bevor ich herkam, habe ich mit seinen Eltern gesprochen. Ich habe das Gefühl, dass sie vielleicht gewillt wären, uns zu helfen. Könnte sein.«

Jackman war nicht gut darin, seine Verärgerung zu überspielen. Die hellroten Flecken auf seinen Wangen verrieten ihn. Wahrscheinlich war er auch kein guter Pokerspieler.

»Das war nicht klug, Mr. Ludlow. Die Leute könnten Sie wegen Verleumdung verklagen. An Ihrer Stelle würde ich das nicht noch einmal tun.«

»Das habe ich auch nicht vor. Aber ich wollte der Familie bewusst machen, dass sie es hier mit einem Menschen zu tun haben, jemandem aus Fleisch und Blut, nicht bloß mit irgendeinem alten Knacker namens Ludlow. Falls die Daousts mich anrufen, verweise ich sie sofort an Sie. Vorausgesetzt, Sie beschließen, Anklage zu erheben. Wenn nicht, dann ...«

»Was dann?«

»Wenn nicht, weiß ich auch nicht, was ich tun soll. Sollten Sie eine Idee haben, würde ich die gern hören.«

Diesmal war Jackmans Händedruck zurückhaltender.

Ludlow begleitete Tom zurück in dessen Büro, ließ ihn dort einen kalten Kaffee schlürfen und trat hinaus in den strömenden Regen.

8

Als er zur Tür hereinkam, stand die Witwe Emma Siddons mit zwei Schachteln Nägeln am Tresen. Einmal die zu zehn Cent das Stück, einmal die zu acht. Bill gab den Verkauf in die Kasse ein. Emma war ziemlich betagt, aber sie verrichtete in ihrem Haus noch immer eigenhändig sämtliche Reparaturarbeiten. Im hinteren Ladenteil sah sich ein Touristenpaar, ein Mann mittleren Alters und eine Frau, die Campingutensilien an.

Emma warf ihm ein Lächeln zu und begrüßte ihn. Als er an ihr vorbeiging, meinte sie: »Ich habe in den letzten Tagen gar nicht Ihren alten Hund an meiner Evangeline rumschnüffeln sehen.«

»Er ist tot, Emma«, sagte Ludlow.

»Tot?«

»Ein Junge hat ihn erschossen. Am Sonntag, draußen in Miller's Bend.«

»Mein Gott. Warum tut jemand ...?«

»Es gab keinen Grund. Es war reine Boshaftigkeit.«

Er sah, wie Bill zu ihm herüberstarrte.

»Erschossen? Der alte Red? Du meine Güte, Av«, sagte er, »warum hast du nichts gesagt?«

»Keine Ahnung. Ich habe ihn hinterm Haus begraben. Ich bin zum Vater des Jungen gegangen, aber ich glaube, es stört die Leute nicht großartig.«

»Was wirst du jetzt tun?«

»Ich habe Anzeige erstattet. Und hoffe, das Recht wird nun seiner Bestimmung zugeführt.«

»Warst du bei Tom Bridgewater?«

Er nickte. »Und bei Sam. Und gerade eben beim stellvertretenden Staatsanwalt. Ein Mann namens Jackman. Die Anzeige ist unterschrieben. Jetzt muss ich abwarten, wie es weitergeht.«

Bill schüttelte den Kopf.

»Unfassbar. Wenn's nach mir ginge, würde man einen Kerl, der so etwas tut, auspeitschen«, sagte er. »Gnadenlos.« Er sprach mit lauter Stimme, sodass ihn das Pärchen hinten im Laden hörte. Sie wandten sich um und schauten schnell wieder weg.

Ludlow packte Emma die Nägel ein und reichte ihr die Tüte. Bill gab ihr das Wechselgeld auf ihren Zwanziger.

Sie wandte sich zu Ludlow um und legte ihm die Hand auf den Arm. Emma hatte schlimme Arthritis, aber die Hand fühlte sich so zart und weich an wie ein Schmetterlingsflügel.

»Es tut mir so leid, Av. Dass ich immer geschimpft habe, wenn Evangeline läufig war. Red war ein treuer alter Bursche. Ich werde ihn vermissen.«

»Danke, Emma. Es ist nett, dass Sie das sagen.«

»Wissen Sie, was ich Ihnen rate?«

»Was denn?«

»Besorgen Sie sich einen neuen Hund. Einen Welpen, und zwar so bald wie möglich. Dann fühlen Sie sich gleich viel besser, glauben Sie mir.«

»Ich weiß nicht, Emma. Vielleicht tu ich das. Mal sehen.«

Sie tätschelte seinen Arm, dann zog sie die Hand zurück und wandte sich zur Tür.

»Außerdem hoffe ich, dass Tom Bridgewater den Jungen einsperrt und den Schlüssel wegschmeißt«, sagte sie.

Ludlow lächelte.

Es war das erste Mal an diesem Tag.

9

Das Geschäft lief schleppend, deshalb beschäftigten sie sich bis zum Feierabend vor allem mit der Bestandsliste. Ludlow wollte Bill schon nach Hause schicken, als Sam Berry hereinkam. Der Anwalt hielt einer attraktiven, schlanken, dunkelhaarigen Frau in einem grauen Kostüm die Tür auf. Sie lächelte Sam zu, schwenkte ihre Aktentasche und betrat den Laden. Dann warf sie mit einer Kopfbewegung das Haar zurück und ging auf den Ladentisch zu. Nun galt ihr Lächeln Ludlow.

»Av«, sagte Sam. »Ich möchte dir Carrie Donnel von *WCAP News* drüben in Portland vorstellen.«

»Mr. Ludlow.« Sie reichte ihm die Hand.

Ludlow ergriff sie und dachte, wie selten es inzwischen vorkam, dass ihn gleich zweimal an einem einzigen Tag eine Frauenhand berührte.

»Miss Donnel.«

»Carrie ist unsere Geheimwaffe«, sagte Sam. »Denn wie es aussieht, werden wir eine brauchen.«

»Ich kann dir nicht ganz folgen.«

»Jackman lehnt es ab, Anklage zu erheben. McCormack hat schon seinen Anwalt eingeschaltet, einen Kerl namens Cummings. Ich kenne ihn, er hat alle möglichen Beziehungen. Sie haben sich mit Staatsanwalt Phelps in Verbindung gesetzt, unmittelbar nachdem du mit Jackman gesprochen hast. Sie behaupten, du hättest die Patronenhülse überall gefunden haben können, selbst wenn es die richtige wäre. Vielleicht hättest du deinen Hund ja selbst getötet. Und das eigentliche Geschoss lasse sich unmöglich einer bestimmten Waffe zuordnen.«

»Warum, um Gottes Willen, hätte ich Red erschießen sollen?«

»Ich weiß, Av. Aber der springende Punkt ist, dass die Jungen die Sache abstreiten. Deshalb hält Phelps den Fall nicht für aussichtsreich genug, um ihn weiterzuverfolgen. Schon gar nicht gegen diesen Haifisch Cummings mit seinem Gerede über Verleumdung. Du hast doch Danny McCormack nie aus deinem Laden geworfen, Av, oder?«

»Ich hab ihn am Sonntag zum ersten Mal gesehen.«

»Genau. Aber die anderen behaupten, du hättest ihn vor ein paar Monaten aus deinem Laden geworfen, weil er ein Taschenmesser klauen wollte. Die versuchen dich als alten Wüterich hinzustellen. Als jemanden, der gegen den Jungen einen Groll hegt.«

Ludlow schüttelte den Kopf. »Damit hat es sich dann wohl, hoffe ich.«

»Nicht ganz. Du hast mir doch erzählt, dass der Junge vor seinem Vater abgestritten hat, dich zu kennen, richtig? Tja, und jetzt sagt McCormacks Anwalt, dass die Brüder dich *sehr wohl* gekannt haben. Hier aus dem Laden. Und sie hätten es dir in McCormacks Beisein offen ins Gesicht gesagt. McCormack bestätigt das. Die lügen, wenn sie den Mund aufmachen. Die halten zusammen wie Pech und Schwefel, Av. Allesamt.«

»Pete Daoust auch?«

»Ja.«

»Ich dachte, seine Eltern würden ihn vielleicht zur Vernunft bringen.«

»McCormack arbeitet schnell. Würde mich nicht wundern, wenn da Geld im Spiel war. Wie wir wissen, ist Daoust arbeitslos.«

Ludlow spürte den Blick der Frau, der ununterbrochen auf ihm ruhte. Sie hatte während des gesamten Gesprächs nur zweimal kurz in Sams Richtung geblinzelt. Außerdem konnte er Bills Schweigen im Rücken spüren. Der Mann stand so regungslos hinter ihm, dass nicht einmal die Holzdiele unter seinen Füßen knarrte. Ludlow mochte es nicht, derartig im Mittelpunkt zu stehen. Ob sie nun auf seiner Seite waren oder nicht, es stachelte seine Wut nur noch mehr an. Diese Leute waren wie ein Windstoß, der das Feuer auflodern lässt. Am liebsten hätte er sie aus dem Laden geworfen und alles kurz und klein geschlagen. Ohne Rücksicht darauf, dass dabei sein eigenes Hab und Gut zu Bruch ginge.

»Aber vielleicht können wir das Ruder noch herumreißen«, sagte Sam. »Zumindest besteht eine gewisse Chance.«

»Wie denn?«

»Miss Donnel hier.«

»Letzten Winter gab es einen Fall drüben in Lagrange«, sagte sie. »Ein Mann besaß einen Wohnwagen außerhalb der Stadt. Der Wohnwagen stand zwar auf dem Grundstück seines Bruders, aber er gehörte dem anderen. Außerdem besaß er auch noch ein Haus in der Stadt.

Während der schlimmsten Kälteperiode des Jahres ließ der Mann sich zwischendurch drei Wochen lang nicht am Wohnwagen blicken. Er blieb lieber zu Hause im Warmen. Irgendjemand, wahrscheinlich der Bruder, erstattete eines Tages anonym Anzeige wegen Tierquälerei. Das Sheriffbüro sah sich die Sache vor Ort an.

Draußen im Hof entdeckten sie zwei angekettete, halb tote Hunde. Der eine hatte weder Futter noch Wasser. Der Wassernapf des anderen war ein einziger Eisblock. Neben den Stufen lag eine tote Gans mit einem Strick um den Hals. In einem Verschlag fanden sie ein totes Kaninchen samt Halsband und Kette. Beide Tiere waren gefroren. *Drinnen* fanden sie sechs halb verhungerte Katzen, drei Hunde und im Schlafzimmer einen toten Wellensittich. Überall lag Kot herum. Auf der Couch. Im Bett. Im Waschbecken. Überall.«

Er beobachtete sie. Ihm fiel ihre stakkatohafte Sprechweise auf, ihre erregten Handbewegungen, die großen braunen Augen, die kaum blinzelten und ihn ruhig und geschäftsmäßig anblickten.

»Zuerst gab der Beschuldigte an, er wäre jeden zweiten oder dritten Tag hingefahren, um die Tiere zu füttern. Dann behauptete er plötzlich, sein *Bruder* wäre dafür zuständig gewesen. Sein Anwalt erklärte dem Sheriff, es gebe gar keinen Fall, weil es hier um die Besitzrechte gehe. Die Tiere seien zu dem Zeitpunkt gar nicht im Besitz seines Klienten gewesen, weil dieser woanders wohnte und demzufolge keine Verantwortung für sie besaß. Das Grundstück gehörte schließlich seinem Bruder. Deshalb wäre *der* für die Tiere verantwortlich gewesen.«

»Aber die Tiere gehörten doch dem Beschuldigten. Nicht dem Bruder.«

»Stimmt.«

»Wie ging das Ganze aus?«

»Ich glaube, die Staatsanwaltschaft hatte keine Lust, sich in einen Familienstreit über ein paar verhungerte Tiere einzumischen. Sie ließen die Anklage fallen. Zumindest bis die Zeitungen und der lokale Fernsehsender von dem Fall erfuhren. Genau darum geht es hier, Mr. Ludlow. Es waren die Presse und die Öffentlichkeit, die einen Prozess erzwungen haben. Als die Geschichte öffentlich wurde, *mussten* sie Anklage erheben.«

»Und dann?«

Sie seufzte. »Der Mann wurde freigesprochen. Der Richter entschied im Sinne der Verteidigung. Er sagte, die Tiere wären nicht im Besitz des Angeklagten gewesen und hätten damit nicht seiner Verantwortung unterstanden.«

»Ich wette, der Bruder kam auch ungeschoren davon.«

»Natürlich.«

»Und wem haben die Tiere *wirklich* gehört?«

»Niemandem. Zumindest laut Meinung des Gerichts.«

»Sieh mal, Av«, unterbrach Sam. »Damals ist der Täter davongekommen. Das heißt aber nicht, dass es diesmal auch so sein muss. Auf diese Weise haben wir wenigstens eine Chance, den McCormack-Jungen vor Gericht zu kriegen. Carrie ist eine ausgezeichnete Reporterin. Deshalb möchte ich sie mit ins Boot holen.«

»Heißt das, Sie wollen die Geschichte ins Fernsehen bringen?«

»Ich möchte *Sie* ins Fernsehen bringen, Mr. Ludlow. Ich möchte mit einem Filmteam nach Miller's Bend rausfahren und Sie dort interviewen. Ohne Namen zu nennen. Zum gegenwärtigen Zeitpunkt wäre das nämlich zweifellos Verleumdung. Sie stehen einfach da und erzählen ihre Geschichte. Was die Jungen getan haben und was die Staatsanwaltschaft nicht gewillt ist zu tun. Ich möchte, dass die Zuschauer sich *vor Wut auskotzen*, wenn sie den Beitrag sehen. Entschuldigen Sie meine Ausdrucksweise.«

Jetzt wusste er, woher ihre abgehackte Sprechweise kam. Die Frau hatte sich den langsamen Sprachrhythmus gut antrainiert, aber soeben war das Original herausgetreten wie Trompeten aus den Klängen eines Streicherquartetts.

»Sie sind nicht von hier, nicht wahr, Miss Donnel?«

»Ich stamme ursprünglich aus New York.«

»Dachte ich mir.«

»Bin ich deshalb verdächtig? Ist das ein Problem?«

»Überhaupt nicht.«

»Werden Sie es dann tun?«

»Im Fernsehen auftreten? Ehrlich gesagt weiß ich nicht, ob ich das so gut hinkriege.«

»Sie machen das schon. Ich bin ja dabei und helfe Ihnen. Wir gehen alles in Ruhe durch, so lange, bis sie so weit sind. Ich lasse Sie nicht im Regen stehen. Versprochen.«

Ludlow dachte darüber nach. Er besaß nicht einmal einen funktionierenden Fernseher.

»Ich nehme an, Sie haben keinen Hund, Miss Donnel?«

»Ich habe drei Katzen«, sagte sie.

»*Drei*?«

»Ja. Drei.«

Er nickte. »In Ordnung. Ich mach's.«

10

Zwei Tage später sah er sich in den 18-Uhr-Nachrichten in einem Gerät, das Carrie Donnell für ihn vom Sender ausgeliehen hatte.

Er sah einen steifen, mürrischen alten Mann in Jeans und einem zerknitterten Hemd. Seine Hand, der einzige ansehnliche Körperteil an ihm, deutete auf den Fluss und danach hinauf zum Pfad, während die Kamera ihn umkreiste. Er hörte sich über die Jungen reden und dann über den Hund, als er auf Carrie Donnels Bemerkung einging, dass der Hund ein Geburtstagsgeschenk von seiner Frau Mary gewesen sei. »Sie ist schon lange tot, nicht wahr?«, fragte ihn die Reporterin, und der alte Mann auf dem Bildschirm nickte. »Und jetzt ist auch Red tot«, sagte sie, und der alte Mann nickte erneut.

Er fand, dass er im Fernsehen ein bisschen verwirrt wirkte und dass man ihm seine Wut anmerkte. Es überraschte ihn einigermaßen. Besonders deutlich wurde es, als er über die Entscheidung des Staatsanwalts sprach, gegen den Jungen keine Anklage zu erheben. Ludlow hatte geglaubt, seine Wut gut kaschiert zu haben, aber die Kamera log nicht. Man konnte deutlich sehen, was er empfand. Er vermutete, dass es wohl schon immer so gewesen war.

Am Ende des Berichts stand Carrie Donnel vor der Kamera und erzählte, dass Straftäter, die sich der Tierquälerei schuldig machten, im Landesdurchschnitt nur 32 Prozent der maximalen Geldstrafe zahlen müssten und nur 14 Prozent der höchstmöglichen Haftstrafe aufgebrummt bekämen. Die meisten Angeklagten würden nicht einmal zur Verhandlung erscheinen. Dann zitierte sie Gandhi und sagte, die Größe einer Nation und ihr moralischer Entwicklungsstand ließen sich daran messen, wie sie mit ihren Tieren umging.

In York County, fügte sie hinzu, ließe sich dieser womöglich auch daran messen, welches Maß an Gerechtigkeit das Land seinem Bürger Avery Allan Ludlow und dessen Hund Red zukommen lassen würde.

Sie hatten die Schlussworte erst aufgezeichnet, nachdem er gegangen war. Jetzt war Ludlow gerührt und freute sich über die sanfte Eindringlichkeit ihrer Moderation. Er nahm sich vor, ihr auf irgendeine Weise dafür zu danken, auch wenn er noch nicht wusste, wie.

Der Telefonhörer lag neben dem Apparat. Er hatte ihn abgehoben, damit niemand während der Sendung anrief. Aber jetzt kam ihm der Anblick des Telefons gleichzeitig wie ein Vorwurf und eine Aufforderung vor. Er hatte sich noch immer nicht bei seiner Tochter gemeldet. Und jetzt wusste das halbe Land über Red Bescheid. Es war höchste Zeit, dass sie es auch erfuhr. Aber erst musste er etwas essen und ein, zwei Bier trinken.

Als er das Steak mit Spiegelei verzehrt, das zweite Bier geleert und das Geschirr abgespült hatte, suchte er in Marys altem Adressbuch Alices Nummer heraus. Die Ziffern waren in Marys hübscher Handschrift geschrieben. Er wählte und drückte dann wieder auf die Gabel, um sich zu überlegen, was er sagen würde. Dann wählte er aufs Neue. Es klingelte zweimal, dann hörte er ihre Stimme.

»Hi, Allie«, sagte er.

»Dad?«

»Störe ich euch beim Essen?«

»Nein. Dick und ich essen heute Abend auswärts. Ich mache mich gerade fertig. Im Behördenviertel gibt es ein neues Fischrestaurant. Wie geht es dir, Dad?«

»Gut.«

»Ich wollte dich schon lange anrufen.«

»Ich dich auch. Wie geht's Dick?«

»Prima. Überarbeitet wie immer. Jeden 4. Juli ist bei ihm die Hölle los. Er muss sich um die Parade kümmern, um die Konzerte im ›Shell‹, um die Feuerwerke unten am Fluss und in der Stadt und so weiter.«

»Ich kann mir gut vorstellen, was da los ist.«

»Wie es eben so ist, wenn man im Büro des Bürgermeisters arbeitet. Stress ohne Ende.«

»Und was ist mit dir, Allie?«

»Ich habe meinen Job im Krankenhaus gekündigt. Wir … ich wollte es dir erzählen … wir versuchen ein Kind zu bekommen.«

»Tatsächlich?«

»Ja. Seit vier Monaten. Bisher ohne Erfolg. Vielleicht müssen wir zu einigen Untersuchungen gehen, sobald Dick Zeit dafür hat. Mal sehen.«

»Das ist schön, Allie. Ich meine, ein Baby. Deine Mutter wäre …«

»Ich weiß. Sie wäre sehr glücklich darüber gewesen.«

»Ja.«

»Bist du dir sicher, dass alles mit dir in Ordnung ist, Dad?«

»Red ist gestorben«, sagte er.

»Oh, Gott. Wann denn?«

»Sonntag.«

»Oh, Gott.«

Einen Moment lang sagte keiner von beiden ein Wort. Die Stille reichte von Moody Point bis nach Boston, als ob dazwischen nichts existierte.

»Du hast diesen alten Hund geliebt«, sagte sie. »Was ist …«

Er wollte es ihr nicht sagen.

»Red war ein verdammt guter Freund«, sagte er.

»Besorg dir einen neuen Hund, Dad. Wirklich, tu es. Ich weiß, du hältst es vielleicht für zu früh, aber …«

»Das haben mir schon andere Leute geraten. Ich denke drüber nach.«

»Ich halte es für eine gute Idee. Du solltest nicht ganz allein da oben hausen. Und überhaupt, warum kommst du uns nicht mal für eine Weile besuchen. Es wäre schön, dich bei uns zu haben.«

»Ihr habt doch gar keinen Platz für mich, Allie. Und Dick hat seine Arbeit. Ich wäre euch bloß im Weg.«

»Nein, das wärst du nicht.«

»Natürlich. Und das *weißt* du auch. Mach dir keine Sorgen, mir geht's gut hier oben.«

»Wie geht's Opa?«

»Dein Großvater lässt sich nicht unterkriegen. Jedes Mal wenn er umkippt, rappelt er sich wieder auf und ist fieser als je zuvor. Krankenhäuser und Pflegeheime bringen Leute um, die halb so alt sind wie er. Ihn aber nicht.«

Sie lachte. Dann folgte ein kurzer Moment der Stille.

»Dad, du hast nichts von ...«

Er wusste, was jetzt kommen würde. Er hatte gehofft, dass sie ihn nur dieses eine Mal nicht darauf ansprechen würde.

Aber sie konnte nicht anders.

»Mit Billy hast du wahrscheinlich nicht gesprochen.«

»Nein.«

»Und du hast es auch nicht vor, oder? Trotz deiner Einsamkeit.«

»Wer sagt denn, dass ich einsam bin?«

»Dad, ich glaube eben nicht, dass es dir gut tut, so zu leben. Billy ist ...«

Hinter ihm explodierte das Fenster.

Instinktiv ließ er sich aus dem Sessel zu Boden fallen, während ringsherum Glassplitter durch die Luft flogen. Er spürte, wie sie seine bloßen Arme trafen, sein Gesicht und seinen Hals. Er hörte Allies Schrei, der leise und aus weiter Ferne durch die Leitung kam. Er hielt den Hörer gehoben wie einen Schlagstock, hörte sie rufen: *Dad! Dad!*, während der Stein über den Fußboden rollte und vor ihm liegen blieb. Er sah, dass mit vier Gummibändern ein weißer Zettel daran befestigt war.

Er rappelte sich auf und sprach *Alles in Ordnung, Allie, mir geht's gut* in den Hörer, während er zum Fenster ging und ein Auto sah, das mit quietschenden Reifen davonbrauste. Ein dunkles Coupé, das ohne Licht die Stirrup Road zur Hauptstraße hinunterraste.

Ein zweieinhalb Zentimeter langer, dreieckiger Glassplitter steckte tief in seiner Handfläche. Er hörte, wie das Blut auf den Boden tropfte.

»Warte einen Moment«, sagte er in den Hörer und vernahm ihre angstvoll fragende Stimme. »Moment«, wiederholte er. »Alles in Ordnung. Bin gleich zurück.«

Als er in die Küche ging, konnte er hören, wie unter seinen Schuhsohlen die Scherben knirschten. Er wusch sich über der Spüle die Hand ab und zog vorsichtig den Glassplitter heraus. Er warf ihn ins Spülbecken und hielt die Hand noch einmal unter das fließende Wasser. Dann griff er sich ein paar Papiertücher und drückte sie in der Hand zusammen, um die Blutung zu stoppen.

Schließlich kehrte er zum Telefon zurück, um seine Tochter mit einer Notlüge zu beruhigen.

»Mein Gott, Dad, was war das?«

»Wir haben hier in letzter Zeit ein paar kleine Probleme. Irgendwelche Jungs schmeißen den Leuten abends die Scheiben ein. Heute war wohl meine dran. Aber mir geht's gut. Musste bloß den kleinen Kratzer an der Hand versorgen. Nichts Schlimmes. Aber es sieht aus, als müsste ich die Scherben aufsaugen. Ich lege jetzt lieber auf. Mach so weiter, und viel Spaß beim Essen. Und mach dir keine Sorgen um mich. Es war bloß ein Dummejungenstreich.«

»Ein Streich! Allmächtiger!«

»Reg dich nicht auf. Bitte.«

»Bist du dir sicher, dass es dir gut geht?«

»Versprochen.«

Nachdem er sie beruhigt hatte und das Gespräch beendet war, sah er, dass die zusammengedrückten Papiertücher in seiner Hand blutgetränkt waren. Er würde sich mehr Mühe geben müssen. Im Arzneischrank im Bad fand er Mullbinden, eine Jodtinktur und Heftpflaster. Er zitterte. Er reinigte und bandagierte die Wunde, dann kehrte er ins Wohnzimmer zurück. Der kühle Wind, der durchs Fenster hereinwehte, beulte die Vorhänge derart, dass sie nach ihm zu greifen schienen. Er bückte sich und hob den Stein auf.

Vorsichtig zog er die Gummibänder ab. Unter dem Zettel hatte der Stein etwa die Größe eines Baseballs. Offenbar stammte er aus einem Bach oder Fluss, denn er war sauber und glatt. Allerdings verströmte er keinen Geruch, der auf seinen Ursprungsort hingewiesen hätte. Er faltete den Zettel auseinander und drehte ihn um. Die Wörter und einzelnen Buchstaben stammten aus einer Zeitschrift und waren aufgeklebt.

HAST GUT AUSGESEHEN IM TV DU ALTER SACK
DEIN ERSTER
UND LETZTER AUFTRIT

Er fragte sich, ob der Rechtschreibfehler Absicht war, ob *Dein erster und letzter Auftrit* eine Drohung sein sollte. Dann legte er den Zettel auf den Küchentisch, beschwerte ihn mit dem Stein und holte den Staubsauger.

11

»Ich kann Ihnen sagen, was der Zettel bedeutet«, sagte Carrie.

Sie war aus Portland gekommen. Jetzt saßen sie in Arnie Grohns Restaurant und aßen zu Abend. Der Sender zahlte die Rechnung. Sie hatte mit ihm eigentlich in ein schickeres Restaurant gehen wollen, aber Ludlow fühlte sich dort zu Hause.

»Der Zettel bedeutet, dass, soweit es den Sender betrifft, die Geschichte mit der Ausstrahlung des gestrigen Berichts zu Ende ist. Derjenige, der Ihnen den Stein ins Wohnzimmer geworfen hat, wusste das.«

Sie stach in ihr Porterhouse-Steak, als wäre es ein lebendes Wesen.

»Sie meinen, es gibt keinen zweiten Bericht? Nichts?«

Sie beugte sich vor und sah ihn eindringlich an. Er hatte von Beginn an gemerkt, dass sie wütend war und dass es ihr nicht gelang, ihre Gefühle zu verbergen, so wie es ihm selbst offenbar auch nicht gelang.

»Ich wollte heute zu den McCormacks rausfahren«, sagte sie. »Zu diesem Zeitpunkt wäre es die normalste Sache der Welt gewesen, die Geschichte aus Dannys Sicht zu hören oder zumindest ein ›Kein Kommentar‹ von ihm oder seinem Vater auf Film zu kriegen. Sie dazu zu bringen, uns die Tür vor der Nase zuzuschlagen, was auch immer. Das Filmteam stand bereit und wir wollten gerade losfahren, als plötzlich der Chefredakteur zu mir kommt und aussieht, als hätte ihm gerade jemand verraten, zwischen seinen Zähnen hätte den ganzen Tag lang ein Stück Spinat gehangen. Er meint, es täte ihm fürchterlich leid – und das tat es wirklich, Av, ich habe es ihm angesehen –, aber statt zu den McCormacks sollen wir doch lieber zu einem Wohngebäude fahren, in dem es gebrannt hat, und *darüber* berichten. Über ein lächerliches Feuer, bei dem *niemand* umgekommen ist. Nicht einmal Verletzte hat es gegeben. Verstehen Sie, worauf ich hinauswill?«

»Er bekam die Order, die Finger von der Sache zu lassen.«

»Ja, genau. Und mein Chefredakteur ist ein sehr anständiger Kerl. Er ist einer der Gründe dafür, warum ich bei diesem Puppenstubensender überhaupt noch arbeite. Es war ihm sichtlich unangenehm. Denn ihm war klar, dass wir genau wussten, was los war.«

»Wer kann das getan haben? Ihn zu einem Rückzieher zu zwingen?«

Sie zuckte die Achseln. »Muss einer der Besitzer des Senders sein. Vielleicht ist derjenige von selbst draufgekommen. Vielleicht passierte es aber auch auf Druck eines Werbekunden. Ich weiß nicht, wer es war. Muss aber ein großer Kunde gewesen sein. Hinter den Kulissen wurde jedenfalls mächtig gemauschelt.«

»Ihr Chefredakteur hat Ihnen nicht verraten, wer dahintersteckt?«

»Glauben Sie mir, Av, ich habe ihn gefragt. Ich hätte heute fast gekündigt, das wusste er. Aber Phil ist ein Pragmatiker. Er macht alles, um den Sender am Leben zu halten, selbst wenn ihm etwas gegen den Strich geht oder gegen seine Prinzipien verstößt. Er hat sich dem Druck gebeugt und dafür von uns Dresche eingesteckt. Sei's drum.

Aber ich bin mir sicher, dass er um diese Geschichte genauso gekämpft hat, wie ich es getan hätte«, sagte sie. »In diesem Geschäft muss man sich manchmal den Wünschen der Geldgeber beugen, sonst wird man gefeuert. Punkt.«

»Ich würde nicht wollen, dass Sie wegen der Sache Ihren Job verlieren, Miss Donnel.«

»Das glaube ich Ihnen. Und nennen Sie mich um Himmels willen Carrie, ja? Ich möchte auch nicht, dass Phil seinen Job verliert. Deshalb ließ ich es dabei bewenden und habe über den verdammten Wohnungsbrand berichtet.«

Sie spießte einen Steakbissen auf, legte dann die Gabel auf den Teller und leerte ihr Bier. Sein eigenes hatte er schon ausgetrunken, deshalb fing er Glorias Blick auf und bestellte zwei neue Biere. Sein Schweinekotelett lag unberührt auf dem Teller.

»Ich möchte Ihnen für Ihre Hilfe danken«, sagte er. »Nicht jeder hätte sich so viel Mühe gemacht.«

»Ich habe die Geschichte noch nicht abgeschlossen, Av. Noch nicht. Ich muss nur einen anderen Ansatzpunkt finden. Etwas so Entscheidendes, dass selbst der Sender und die Öffentlichkeit es sich nicht *leisten* kann, es zu ignorieren. Im Augenblick fällt mir allerdings nicht ein, was das sein könnte.«

Die Biere wurden serviert. Er trank einen Schluck.

»Sam Berry meinte, wir könnten auch ohne das Mitwirken des Staatsanwalts klagen«, sagte er. »Wir könnten einen eigenen Forensiker engagieren, die Herausgabe des Gewehrs verlangen und den Jungen vielleicht auf diese Weise drankriegen. Es würde natürlich einiges kosten, aber ... es wäre immerhin etwas.«

Während er sprach, merkte Ludlow, wie hilflos er sich fühlte. Es war so verdammt wenig verglichen mit dem Leben des Hundes und der Boshaftigkeit dieses Jungen. Der Scheißkerl war vorläufig nicht einmal vorbestraft.

Er sah, dass es ihr genauso ging.

»Jemanden zu verklagen reicht nicht aus«, sagte sie. »Das tun die Leute heutzutage ständig. Es hat keinen Nachrichtenwert. Es ist nichts.«

Sie hatte recht. Es war *nichts*.

Ihm würde in der Sache keine Gerechtigkeit widerfahren, jedenfalls nicht vonseiten der Justiz. Und an die Anständigkeit der Menschen zu appellieren brachte auch nichts, so viel war ihm inzwischen klar geworden. Während er seine Mahlzeit anstarrte, dachte er darüber nach, was die Reporterin gesagt hatte: Man müsse etwas finden, das zu ignorieren sich die Öffentlichkeit nicht leisten konnte. Ein paar Tage später würde er überlegen, ob ihn vielleicht der Anblick des toten Fleisches auf seinem Teller auf die Idee gebracht hatte.

»Miss Donnel ...«

Sie sah ihn vorwurfsvoll an.

»*Carrie*. Ich glaube, wir sollten einfach zahlen und gehen. Falls Sie nichts dagegen haben. Ich möchte Ihnen noch einmal danken. Sie waren sehr nett zu mir.«

»Keine Ursache.«

Er ließ die Rechnung kommen. Die Fernsehfrau zahlte mit einer Kreditkarte.

»Spendieren Sie mir einen Absacker, Avery? Einen richtigen Drink in einer richtigen Bar? Ich könnte einen gebrauchen. Vielleicht könnten wir einfach irgendwo sitzen und uns unterhalten. Über andere Sachen.«

Sie beugte sich vor und sah ihn verschwörerisch an.

»Übrigens«, sagte sie. »Ich glaube, unsere Kellnerin mag Sie. Schon gemerkt?«

»Gloria?«

Er schaute über die Schulter. Gloria stand zwei Tische hinter ihnen an Sid und Nancy Pierces Tisch und stellte zwei Biere ab. Sie wandte sich um und warf ihm ein Lächeln zu.

»Ach was, ich bin alt genug, um ihr Großvater zu sein«, sagte er.

Carrie lachte. »Sie sind ein Star, Av. Sie waren im Fernsehen. Sie sind jetzt berühmt.«

»Ganz recht«, sagte er. »Und Nixon sitzt immer noch im Weißen Haus.«

12

Es war eine ganz normale Bewegung. Eine kleine Drehung in seine Richtung, als er ihr nach dem Barbesuch die Tür aufhielt. Plötzlich lagen ihre Hände auf seinen Schultern und ihre Lippen auf seinem Mund.

Er hätte nicht überraschter sein können, wenn sie eine Waffe gezückt und ihn erschossen hätte.

13

Er sah zu, wie sie sich im hellen Mondschein, der durchs Fenster fiel, wieder anzog, in grenzenlosem Erstaunen, nach all den Jahren wieder eine Frau in seinem Schlafzimmer zu haben. Noch mehr erstaunte ihn, dass es gerade diese um so viel jüngere und klügere Fernsehreporterin war, die ihn gewollt hatte. Es stimmte ihn traurig, ihre Nacktheit unter der Kleidung verschwinden zu sehen wie einen vorbeiziehenden Vogelschwarm am Herbsthimmel. Ihr Blick fiel auf ein gerahmtes Foto auf der Kommode, während sie sich die Bluse in den Hosenbund steckte. Sie nahm das Foto in die Hand und hielt es ins Licht.

»Das ist Mary?«

»Ja.«

»Sie war schön.«

»Das fand sie nicht.«

»Dann hat sie sich getäuscht.«

Sie stellte das Foto zurück und nahm das andere, das danebenstand.

»Das ist deine Tochter.«

»Das ist Alice, ja.«

»Wie alt ist sie hier, zwanzig?«

»Es war im Jahr vor ihrer Hochzeit. Da ist sie dreiundzwanzig.«

»Sie sieht jünger aus. Ich finde, sie kommt nach dir.«

»Mein Gott. Hoffentlich nicht.«

»Es gibt Schlimmeres. Wie alt *bist* du eigentlich, Av?«

»Hab ich *dich* das vielleicht gefragt?«

»Nein.«

»Na also.«

»Dass du eitel bist, hätte ich nicht gedacht.«

»Verdammt, ich bin siebenundsechzig. Im August werde ich achtundsechzig.«

Sie stellte das Foto wieder hin.

»Was ist mit deinen Söhnen?«, fragte sie. »Von ihnen stehen hier gar keine Fotos.«

»Ich habe keine Söhne.«

Sie setzte sich neben ihn aufs Bett, legte die Hand auf seine und beugte sich hinüber. Die Bluse war noch nicht zugeknöpft. Er konnte das schmale Brustbein erkennen. Und noch mehr als ihre Hand auf seiner war es der Anblick ihrer weichen hellen Haut, der ihm Trost spendete und das plötzliche Zittern beendete.

»Doch, du hast welche«, sagte sie. »Sam hat es mir erzählt.«

»Das hätte er nicht tun sollen.«

»Wenn du nicht darüber reden willst, werde ich dich nicht drängen. Aber gib Sam nicht die Schuld. Ich bin Reporterin. Ich finde alles Mögliche heraus. Sam ist ein guter Freund von dir.«

Er nickte. »Damals, als es passiert ist, hätte sich niemand einen besseren wünschen können.«

Seufzend setzte er sich auf.

»Du möchtest etwas von meinen Söhnen hören?«

»Nur, wenn du es mir erzählen willst.«

»In Ordnung. Tim war elf, der ältere vierundzwanzig ...«

»Billy.«

»Genau. Ich benutze seinen Namen nicht mehr. Nur wenn ich mit Alice spreche. Sie ist diejenige, die immer damit anfängt. Deshalb rufe ich sie so selten an. Ich weiß, das ist falsch, aber ...«

»... du möchtest nicht jedes Mal wieder darüber reden. Und da komme ich und fange auch noch damit an. Tut mir leid.«

»Schon gut. Ich habe nichts dagegen, dass du mich danach fragst. Bis vor Kurzem wäre das schon so gewesen, aber jetzt nicht mehr. Mit Allie ist es etwas anderes. Sie hat es sich in den Kopf gesetzt, dass ich wieder Kontakt mit ihm aufnehmen sollte. Dass es die Sache für mich irgendwie leichter machen würde. Aber ich sehe das anders. Das einzige Problem, *dir* die Geschichte zu erzählen, ist, dass ich gar nicht weiß, wo ich anfangen soll.«

»Fang mit Tim an.«

»Wir bekamen ihn spät. Ich war achtundvierzig und Mary war zweiundvierzig. Er war eine ziemliche Überraschung für uns beide. Wir mussten ihm den Dachboden herrichten und viele Sachen wegwerfen, die dort oben lagerten, damit er ein eigenes Zimmer bekam. Wie sich bald herausstellte, war er ein guter Junge, ein unkompliziertes Kind. Allie und seine Mutter freute das immens.

Billy war von Anfang an das genaue Gegenteil. Wahrscheinlich haben wir ihn deshalb umso mehr geliebt. Du weißt doch, wie es manchmal ist. Man sieht, wie ein Junge darum ringt, Dinge zu lernen, die andere Kinder im Handumdrehen begreifen, und deshalb schließt man ihn ins Herz. Es scheint mir, als hätte Billy alles, was gut war in seinem Leben, in etwas Negatives verwandelt. In der siebten Klasse hat er Baseball gespielt und ich habe ihn trainiert. Er kam problemlos in die Mannschaft, als Shortstop. Dann hat er sich auf dem Parkplatz das Bein gebrochen, weil er direkt nach dem zweiten Spiel vom Bordstein abrutschte. Ein Spiel, das seine Mannschaft übrigens verlor, weil ihm im entscheidenden Moment ein Fehler unterlaufen war. Sie waren also nicht besonders traurig, als er nicht mehr mitspielen konnte.

Wir wussten, dass er eine blühende Fantasie hatte. Ständig erfand er Geschichten. Einmal hat er uns erzählt, er habe unten am Bach einen Toten liegen sehen. Da war er noch relativ klein, vielleicht sieben oder acht. Aber wir haben ihn ernst genommen. Natürlich lag dort niemand.

Als er in der achten Klasse sitzen blieb, verließ er die Schule. Er bekam einen Job in der Stadt bei *Clover's Hardware*. Die Hälfte der Zeit kam er zu spät, weil er sich die Nächte um die Ohren schlug. Ständig hat er uns belogen, wo er angeblich gewesen sei. Mary und ich waren vielleicht nicht streng genug, aber seine Lügerei war wie eine angeborene Krankheit, gegen die man nichts machen konnte. Alle brachten Verständnis für ihn auf. Auch sein Chef, der alte Clover. Aber nach einer Weile musste er ihn trotzdem feuern.

Irgendwann kam ich auf die Idee, dass ihm vielleicht die Army guttun würde, damit er endlich ein bisschen Disziplin lernte. Bei mir hatte das auch funktioniert. Vielleicht wollte er damals sowieso ausziehen, denn es war jedenfalls eines der wenigen Male, dass er auf mich hörte. Er ging zur Navy. Neun Monate später wurde er aufgrund Artikel 8 entlassen. Weißt du, was der besagt?«

Sie nickte. »Mental instabil.«

»*Dienstuntauglich* haben sie es genannt. Wie auch immer, ich beging den Fehler, ihn wieder bei uns aufzunehmen. Ich glaube, wir wussten beide, dass es ein Fehler war. Aber er taugte zu gar nichts. Wenn man überlegt, was er mit seinem Leben hätte anfangen können, wo sein Platz in der Welt liegen könnte, fiel einem nicht das Geringste ein. Eine Weile nahm er Gelegenheitsjobs an, zum Beispiel draußen am Highway 202 an der Tankstelle. Dort feuerten sie ihn, weil er Ersatzteile für seinen alten Buick gestohlen hatte. Zugegeben hat er den Diebstahl nie. Einmal ist er wahrscheinlich sogar in Tom Hardins Haus eingebrochen. Beweisen ließ es sich nicht, aber den Einbruch gab es und, Billy hatte plötzlich Geld in der Tasche. Er meinte, er hätte es beim Kartenspielen gewonnen. Geglaubt habe ich es ihm nicht.«

»Mein Gott. Wie bist du mit all dem fertig geworden?«

»Ich? Keine Ahnung. Wenn Mary nicht gewesen wäre, hätte ich ihn längst rausgeworfen. Aber er war ihr Erstgeborener, sie brachte es nicht fertig, ihn vor die Tür zu setzen. Aber damals wurde in diesem Haus mehr geschrien als geredet. Billy war alles egal. Er log einem ins Gesicht und starrte einen seelenruhig an. Als würde er selbst an seine Lügen glauben. Ich glaube, in der Hälfte der Fälle war es auch so.

Damals lebte er überwiegend in einer Fantasiewelt. Er ließ sich mit einem Mädchen ein, Cathy Lee Stutz, die genauso verrückt war wie er. Sie sind ständig nach Portland gefahren und kehrten dann mit Büchern über Schwarze Magie und anderes okkultes Zeug zurück. Sie trugen seltsame Halsketten und steckten in seinem Zimmer schwarze Kerzen an. Keine Ahnung, wo sie das Geld für das ganze Zeug herhatten. Gearbeitet hat er jedenfalls nicht. Später meinte Tom Bridgewater zu mir, das Mädchen hätte oben in Portland mit irgendeiner Masche die Leute abgezogen. Wahrscheinlich stimmte das.

Als er mit dieser Cathy ging, war Billy selten hier. Meistens hat er bei ihr übernachtet. Einmal kam ich nachmittags nach Hause. Sie saßen im Wohnzimmer in einem Kreidekreis, den sie auf den Boden gemalt hatten. Ich sagte ihnen, sie sollten ihren Unsinn anderswo veranstalten. Danach hatten wir eine Weile Ruhe im Haus. Möchtest du ein Glas Wasser?«

»Ich hol dir eins.«

»Nein, ich hole es selbst.«

Er stand auf und ging splitternackt aus dem Zimmer. Es überraschte ihn selbst, dass es ihm nicht peinlich war, im hellen Mondschein so vor ihr herumzulaufen. In der Küche drehte er den Wasserhahn auf, füllte sein Glas, trank einen Schluck, füllte es wieder auf und brachte es ins Schlafzimmer. Sie saß noch genauso da, wie er sie zurückgelassen hatte. Sie änderte ihre Meinung und griff nach dem Glas. Er gab es ihr. Seine Unterhose lag neben ihr auf dem Bett. Er zog sie an und sah Carrie beim Trinken zu. Sie lächelte ihn an und gab ihm das Glas zurück. Sein Daumen streifte ihren.

»Wann musst du los?«, fragte er.

»Bald. Ein bisschen Zeit habe ich noch.«

»Versteh mich nicht falsch. Ich kann mich wirklich nicht beklagen. Aber was tust du hier, Carrie? Mit einem Mann wie mir?«

»Du meinst, mit einem *alten* Mann wie dir. Mit einem Mann, der mein Vater sein könnte.«

»Genau.«

»Obwohl ich mir einen viel jüngeren Kerl krallen könnte. Obwohl ich jeden Mann haben könnte, den ich will, stimmt's?«

»Richtig.«

Sie lachte und schüttelte den Kopf. »Av, das einzige Problem mit einem Mann in deinem Alter ist, dass ihr manchmal anfangt, wieder wie ein junger Trottel zu denken.«

»Pardon?«

»Schon gut. Setz dich. Erzähl mir den Rest der Geschichte.«

Obwohl er ihr das Gegenteil versichert hatte, war dies der Teil, über den er selbst nach all den Jahren nur äußerst ungern sprach. Was geschehen war, lastete noch immer auf seinem Herzen, und das würde sich niemals ändern, ganz gleich, wie oft er es erzählte oder wie oft er sich weigerte, es zu erzählen. Selbst die Worte besaßen ein eigenes Gewicht. Wie schwer es diesmal werden würde, ließ sich nur herausfinden, indem er es jetzt aussprach.

Er setzte sich zu ihr aufs Bett.

»Nach einer Weile begann seine Freundin Cathy Lee, sich mit einem anderen Mann zu treffen. Vermutlich war es jemand, der mehr Geld als Billy besaß. Danach war er jedenfalls ständig hinterm Geld her. Eine Zeit lang ging er sogar wieder arbeiten.

Alles, was er verdiente, opferte er für Cathy. Er lud sie ein, kaufte ihr Sachen.

An dem Abend, als es geschah, war ich mit Bill Prine im Laden. Wir machten die Halbjahresinventur. Allie war auch dabei. Sie war immer gut in Zahlen gewesen und half uns gern bei der Inventur. Es war tiefster Winter. Tim lag zu Hause im Bett, in seinem Zimmer oben auf dem Dachboden. Mary las in der Küche. Es war ungefähr halb zwölf, als wir im Laden fertig waren.

Billy hatten wir seit Tagen nicht gesehen.«

Er trank das restliche Wasser aus und stellte das Glas hinter ihr aufs Fensterbrett. Er spürte ihren Atem auf seiner Wange, roch ihr Haar. Sie lehnte sich an ihn. Er wollte sie nicht anschauen. Nicht jetzt.

»Als er die Geschichte später erzählte, verstrickte er sich in zahllose Widersprüche. Mal log er sich den einen Teil zurecht und sagte beim anderen die Wahrheit, dann war es plötzlich andersherum, oder er erzählte eine ganz neue Version. So ging es immer weiter. Eine Lüge folgte der anderen.

Wir reimten uns die Geschichte am Ende so zusammen: Billy war früher am Abend nach Hause gekommen, um uns nach Geld zu fragen. Mary gab ihm nichts und meinte, er solle in den Laden gehen und mit mir persönlich reden. Aber er wusste, dass er nichts von mir kriegen würde. Ich hatte die Nase endgültig voll. Deshalb fingen sie an zu streiten. Irgendwann ist er dann abgehauen.

Kurz vor elf kehrte er wieder zurück. Er fragte wieder nach Geld, aber Mary lehnte erneut ab.

Ich weiß nicht, warum, aber daraufhin sperrte er Red ins Schlafzimmer. Hier in diesen Raum. Vielleicht hat der Hund gebellt, keine Ahnung.

Er ging zurück in die Küche und begann, Mary herumzuschubsen und sie zu schlagen. Vielleicht glaubte er, auf diese Weise an Geld zu kommen. Vielleicht war es aber auch bloß einer seiner üblichen Wutanfälle. Er verprügelte sie und verletzte sie dabei so schwer, dass er dachte, sie sei tot. Denn danach ... beschloss er ... *Allmächtiger!*«

»Ist schon gut, Av.« Sie nahm seine Hand.

Er sah es genau vor sich. Den Anblick, der sich ihm bei seiner Rückkehr geboten hatte.

Er zerdrückte Carrie fast die Hand.

»Er beschloss, seine Tat zu vertuschen. Er ging raus zum Schuppen. Er holte die Dose mit dem Öl für die Coleman-Laterne, die dort hing. Dann ging er auf den Dachboden und kippte das Öl über Tim aus. Über meinen kleinen Sohn, der ahnungslos schlief.

Er zündete ein Streichholz an, warf es zu Boden, zog die Tür hinter sich zu und verschloss sie. Er ließ Tim bei lebendigem Leib verbrennen. Da oben auf dem Dachboden.

Aber Lampenöl brennt nicht so heiß wie Kerosin und Benzin. Er brachte Tim um, aber verbrannt waren nur mein Sohn und die Matratze, auf der er lag. Nicht mal die Vorhänge fingen Feuer.

Er hat vor der Tür zum Dachboden gewartet, bis Tims Schreie verstummt waren.

Dann ging er runter und schüttete das restliche Öl über Mary aus, die auf dem Küchenboden lag. Er entzündete ein weiteres Streichholz und ließ es fallen, dann stieg er ins Auto und fuhr davon.

Aber ... sie ... meine Frau war nicht tot. Sie lebte noch. Er hatte sie geschlagen, aber er hat sie nicht umgebracht. *Er hatte sich geirrt.* Genauso wie er sich in dem Glauben geirrt hatte, dass durch das Öl das ganze Haus niederbrennen und sich seine Tat dadurch vertuschen lassen würde. Er hat sich in *allem* geirrt. Es war alles ... alles so unnötig.

Ich glaube, die Schmerzen brachten Mary schließlich wieder zu Bewusstsein.

Irgendwie schleppte sie sich nach draußen und wälzte sich im Gras, bis die Flammen ausgingen. Danach besaß sie noch die Kraft, ins Haus zurückzukriechen und die Polizei zu rufen.

Sie fanden sie auf der Treppe zum Dachboden. Red war völlig aus dem Häuschen. Der Hausmantel, den Mary trug, hatte sich in ihr Fleisch gebrannt. Manchmal frage ich mich, ob sie gewusst hat, dass Tim bereits tot war, und sie deshalb nicht bis zur Tür hinaufgekrochen war. Vielleicht fürchtete sie, seine verbrannte Leiche zu sehen.

Sie hat noch fünf Tage gelebt. Ist nicht mehr aus dem Koma erwacht. Wahrscheinlich war es ein Segen. Die Verbrennungen waren so schlimm, dass ich

Mary nicht mal in den Arm nehmen durfte. Am Ende habe ich es trotzdem getan.«

Er stand auf, ging zur Kommode und zog die unterste Schublade auf. Er holte ein Foto in einem Holzrahmen heraus. Er reichte es ihr.

»Das war Tim«, sagte er. »Das war mein Sohn.«

Sie nahm das Foto in ihren Schoß, betrachtete es eine Weile, und als sie wieder zu ihm aufschaute, sah sie die Tränen in seinen Augen.

»Ich begreife es nicht«, sagte sie. »Mein Gott, Av. Wie kannst du immer noch in diesem Haus wohnen? Nach allem, was hier geschehen ist?«

Er setzte sich neben sie.

»Die Wände wurden überstrichen«, sagte er, »die Böden abgeschliffen. Man würde nie draufkommen, dass es hier mal gebrannt hat. Weder in der Küche noch auf dem Dachboden. Aber ich kann das Feuer noch sehen, die Rußflecken, die es hinterlassen hat. Ich kenne ihre exakte Form und Größe. Ich sehe sie jeden Tag.

Aber das hier war unser Zuhause. Marys und meins. Allies und Tims. Sie sind hier aufgewachsen. Verdammt, es war auch Reds Zuhause. Ich konnte doch nicht zulassen, dass man mir auch das noch wegnimmt.«

Eine Weile saßen sie schweigend da.

»Was wurde aus ihm?«, fragte sie. »Ich meine, aus Billy.«

Er seufzte. »Ach, er behauptete, jemand anderes wäre es gewesen. Ein Kumpel von ihm. Später wollte er es sogar Cathy Lee Stutz in die Schuhe schieben. Zugegeben hat er es nie. Zu dem Zeitpunkt hatte er aber schon so viel geredet, dass man ihm den Prozess machen konnte. Die Öldose war übersät mit seinen Fingerabdrücken.

Ich sagte ihm, dass ich selbst *danach* noch zu ihm stehen würde, wenn er es zugeben, mit den verdammten Lügen aufhören und mir erklären würde, *warum* er es getan hat. Warum er die beiden umbringen musste. Dass er mein Fleisch und Blut sei und ich alles, was in meiner Macht stand, für ihn tun würde. Aber er ging nicht darauf ein. Er hörte einfach nicht auf zu lügen. Sein Anwalt überzeugte ihn, sich schuldig zu bekennen. Aber nach dem Prozess stritt er es sofort wieder ab und meinte, es wäre ein Schachzug seines Verteidigers gewesen. Das versucht er Allie bis heute weiszumachen, wenn sie ihn anruft, dabei weiß sie ganz genau, dass er lügt. Ich habe mich von ihm losgesagt. Vor Jahren schon. Er bekam für jeden der beiden Morde dreißig Jahre. Aber das ist nicht genug.«

Sie nickte. »Also hast du keinen Sohn mehr.«

»Ich schätze, in jener Nacht habe ich ihn verloren.«

Sie blickte noch einmal auf das Foto von Tim herab.

»Was für ein hübscher Junge«, sagte sie.

»Er war ein glückliches Kind.«

Sie gab ihm das Foto zurück.

»Du fühlst dich schuldig, weil du nicht zu Hause warst, nicht wahr?«

»Ich weiß nicht, was ich fühle.«

Er wandte sich um, legte das Foto in die Schublade zurück und schob sie zu.

»Du musst morgen arbeiten, oder?«, sagte er.

»Ja.«

»Hast du noch Zeit für ein Bier, bevor du nach Hause musst?«

»Klar.«

»Ich hole eins.«

Er ging in die Küche. Da waren sie wieder, die Rußfahnen an der Wand, die nur er sehen konnte. Wie die Spur eines Blitzschlags markierten sie die Stelle, wo Mary gelegen hatte.

14

Am nächsten Tag war er mittags im Laden. Wegen des Regens kam nur wenig Kundschaft vorbei. Sam Berry rief an.

»Dieser Hurensohn McCormack hat einen viel längeren Arm, als ich dachte. Aber vielleicht liegt es an seinem Anwalt, keine Ahnung. Jedenfalls lehnt Phelps eine Anklageerhebung nach wie vor ab. Ich kann ihn auch nicht umstimmen. Hab heute Morgen einen Anruf bekommen.«

»Keine Anklage? Trotz des Fernsehberichts?«

»Trotz des Fernsehberichts.«

»Und der Stein, der mir ins Fenster geflogen ist? Der Zettel mit der Drohung?«

»Es sind keine Fingerabdrücke drauf. Du konntest den Täter und das Auto nicht identifizieren. Es hätte weiß Gott wer sein können.«

»Niemand anderes hatte einen Grund dazu.«

»Klar, wir beide wissen das. Aber die Justiz sieht es anders. Tut mir leid.«

»Mir auch, Sam.«

Durch das beschlagene, regennasse Fenster sah er einen Wagen vorfahren, einen neuen schneeweißen Lincoln Continental. Das Abblendlicht war eingeschaltet, die Scheibenwischer schwangen hin und her, während das Auto im Leerlauf vor dem Laden stand. Im Wageninneren konnte Ludlow niemanden erkennen.

»Willst du trotzdem klagen?«

»Natürlich«, sagte er.

Dann wurde ihm bewusst, dass er Sam eben wahrscheinlich zum ersten Mal belogen hatte.

Die Tür des Lincoln ging auf, eine Frau stieg aus. Sie trug einen braunen Regenmantel, den ein Gürtel eng um den schlanken Körper schlang. Auf dem Kopf trug sie eine durchsichtige Regenhaube. Durch die Fensterscheibe konnte er ihr Gesicht nur verschwommen erkennen. Einen Moment lang stand die Frau am offenen Wagenschlag, den Blick in den Laden gerichtet, dann stieg sie wieder ein und zog die Tür wieder hinter sich zu.

»Gut. Dann bereite ich die Papiere vor«, sagte Sam. »Du weißt, dass ich nicht umsonst arbeiten kann, Av. Aber ich versuche, die Kosten so niedrig wie möglich zu halten. Ich weiß ja, dass du nicht im Geld schwimmst.«

»Ist schon gut, Sam. Tu einfach, was du tun musst.«

»Du hörst von mir.«

»Danke, Sam.«

Er legte auf und schaute dem Lincoln nach, der wieder in den strömenden Regen hinausfuhr. Er dachte an den trockenen Sommer, den sie gehabt hatten. Wie gut sie den Regen gebrauchen konnten. Die Gräser und Bäume würden sich über das Wasser freuen, es gierig aufsaugen. Die Natur würde wieder aufblühen und die Seele des Landes beleben, so wie Carrie letzte Nacht seine eigene Seele belebt hatte.

Außer einer Klage gab es auch andere Möglichkeiten, wie man mit dieser Sache umgehen konnte. Sam sagte, McCormack sei trotz der gutbürgerlichen Fassade im Grunde immer noch ein grober Klotz. Ein Wolf im Schafspelz.

Solche Leute konnte man aus der Reserve locken. Wölfe konnte man bis zum Zubeißen reizen.

Es wurde Zeit, den Köder auszulegen.

15

»Nicht verraten«, sagte McCormack lächelnd. Er saß im hinteren Teil des Arbeitszimmers, in einem weinroten Ledersessel am Kamin, eine aufgeschlagene Zeitung auf dem Schoß. Neben ihm an der Wand, die Ludlow bei seinem ersten Besuch nicht hatte sehen können, hingen die ausgestopften Köpfe eines Rehbocks, eines Kojoten, eines Grauwolfs und eines kleinen Schwarzbären. Das Dienstmädchen mit der verkrüppelten Hand hatte Ludlow hineingeführt. Da stand er nun.

»Nicht verraten. Sie haben es sich anders überlegt, stimmt's? Sie wollen Ihr Grundstück verkaufen«, sagte McCormack.

»Nein«, entgegnete Ludlow. »Der Laden bleibt meiner.«

»Denken Sie noch einmal darüber nach. Viel bringt er Ihnen schließlich nicht ein.«

»Ich habe mein Auskommen.«

McCormacks Lächeln verschwand. Seufzend faltete er die Zeitung fein säuberlich zusammen und legte sie auf die Ledercouch.

»Wie ich höre, verklagen Sie mich.«

»Eigentlich möchte ich das gar nicht.«

»Ich verstehe nicht, warum Sie sich überhaupt die Mühe machen. Es ist doch den Aufwand und das viele Geld gar nicht wert.«

»Es geht nicht um Geld.«

»Nein? Worum dann?«

»Es soll sich herumsprechen. Die Leute sollen erfahren, was Ihr Sohn getan hat und was Sie jetzt tun.«

»Was tue ich denn?«

»Nichts. Das ist es ja. Sie haben Ihrem Sohn nicht den Kopf gewaschen. Ich wette, er hat das Gewehr immer noch. Ich wette, Sie haben ihm das verdammte Ding noch nicht mal weggenommen.«

»Das geht Sie nichts an.«

»Vorgestern habe ich Danny vor der Highschool gesehen. Als ich vorbeifuhr, stand er dort herum. Sein Äußeres ließ keine Rückschlüsse darauf zu, dass er eine Tracht Prügel bezogen hätte. Zumindest habe ich keine blauen Flecken gesehen. Und ich nehme nicht an, dass Sie ihm aus kosmetischen Gründen lieber den Hintern versohlen, oder?«

»So etwas tun wir nicht, Ludlow. Ich weiß nicht, woher *Sie* kommen. Aber bei uns gibt es so etwas nicht.«

»Tatsächlich.«

»Tatsächlich.«

»Dann sind Sie wohl zivilisierter als ich.«

»Gut möglich.«

Ludlow wandte den Kopf und betrachtete die Jagdtrophäen an der Wand, dann sah er wieder McCormack an.

»Haben Sie alle diese Tiere selbst erlegt?«

»Mhm.«

»Halten Sie sich für einen guten Schützen, Mr. McCormack?«

»Ich denke, das kann ich von mir behaupten, ja.«

»Dann haben Sie das Schießen bestimmt bei der Armee gelernt. Ihrem Alter nach könnten Sie in Vietnam gewesen sein.«

»Nein, ich war nicht drüben. Schätze mal, ich hab Glück gehabt. Schießen habe ich mir selbst beigebracht. Was hat das mit alldem zu tun?«

»Ich war in Korea. Man nennt es den ›Vergessenen Krieg‹. Obwohl ich nicht glauben kann, dass jemand, der dort war, ihn je vergessen hat. Und die Familien auch nicht. Als ich zurückkam, hat mein Vater für mich eine Willkommensparty veranstaltet. Die halbe Stadt war eingeladen. Er war stolz auf mich. Schwer zu sagen, warum. Ich habe in Korea nichts Besonderes geleistet. Trotzdem war er stolz auf mich.

Ich frage mich, ob Sie auf Ihren Daniel auch stolz sind, Mr. McCormack. Denn wenn Sie es nicht sind, stimmt etwas nicht zwischen Ihnen und Ihrem Sohn. Das können Sie vielleicht noch ändern, falls Ihnen etwas daran liegt. Solange er noch bei Ihnen wohnt. Bevor er auszieht und anderen Menschen weiß Gott was antut und Sie wieder Ihre Anwälte einschalten müssen, um ihm aus der Patsche zu helfen.«

McCormack stand auf, zog eine Zigarette aus der Tasche und zündete sie mit dem schweren silbernen Feuerzeug an, das auf dem Tisch lag. Als Ludlow der Geruch in die Nase zog, fragte er sich, ob der Kamin eigentlich jemals benutzt wurde. In dem Zimmer roch es nicht die Spur nach verkohltem Holz, nur nach verbranntem Tabak.

»Hören Sie, Ludlow«, sagte McCormack. »Sie brauchen mir hier keine Moralpredigt zu halten. Es sind *meine* Söhne, und ich behandele sie so, wie ich es für richtig halte. Mehr gibt es dazu nicht zu sagen. Meinetwegen verklagen Sie mich. Es mag mich hier und da ein wenig in Verlegenheit bringen, aber nicht sehr, das verspreche ich Ihnen. Denn gegen mich können Sie gar nicht gewinnen. Auch das verspreche ich Ihnen. Selbst wenn Sie es könnten, Ludlow, was würde es Ihnen bringen? Den Preis des Hundes. Damit können Sie sich aus dem verdammten Tierheim einen neuen Köter holen. Und selbst wenn Sie gewännen, was nicht geschehen wird, würde es mich nicht die Bohne interessieren. Begreifen Sie das?«

Ludlow nickte. »Ja, das tue ich.«

»Dann ist es ja gut. Kommen Sie nicht mehr her. Und hören Sie auf, hinter meinen Söhnen herzuschnüffeln, sonst haben Sie den Sheriff schneller am Hals, als Sie es sich vorstellen können. So, und jetzt wünsche ich Ihnen einen guten Tag. Sie wissen ja, wo die Tür ist.«

Als Ludlow in die Eingangshalle hinaustrat, sah er auf halber Treppe eine Frau stehen. Er hielt inne und schaute sie an. Er nahm an, dass es McCormacks Frau war, die Mutter der beiden Jungen. Sie musste das Gespräch zumindest teilweise mit angehört haben, denn sie starrte ihn an, als sei er ein Dieb, der sich mit etwas Kostbarem davonstahl, das ihr gehörte, und ihr damit das Herz brach. Sie musste früher sehr schön gewesen sein, dachte Ludlow, aber inzwischen war nicht mehr viel davon übrig, trotz der teuren Kleider und des Schmucks. Er dachte an die Frau im Lincoln, die vorhin an seinem Laden gehalten hatte. Und während er auf die Haustür zuging, fragte er sich, ob ihm Mrs. McCormack nicht leidtun musste.

16

Nach Marys und Tims Tod hatte es Zeiten gegeben, in denen er sich Abend für Abend in den Schlaf trank. Eine ganze Weile war das so gegangen.

Morgens war er spät aufgestanden, obwohl es der Hund gewöhnt war, in aller Frühe sein Futter zu bekommen. Das Tier schien einen inneren Wecker zu haben, der sich zu Ludlows Leidwesen nicht abstellen ließ. Der Hund entwickelte allerlei Strategien, um ihn aus dem Schlaf zu reißen. Ganz gleich, ob sein Besitzer einen Brummschädel hatte oder nicht. Und Reds Strategien wurden mit zunehmender Dauer immer beharrlicher. Als Erstes leckte er ihm mit der feuchtwarmen Zunge übers Gesicht, was meistens schon ausreichte. Wenn Ludlow sich allerdings umdrehte und weiterschlief, schob der Hund den Kopf unter die Bettdecke und stupste ihm die kalte Nase in den Nacken.

Genügte selbst das nicht, um seinen Besitzer zum Aufstehen zu bewegen, sprang er mit allen vieren aufs Bett und fiel über ihn her.

Manchmal hatte Ludlow grässliche Kopfschmerzen oder war mitten in einem Traum, aus dem er nicht erwachen wollte, nur um einen weiteren leeren Tag zu erleben. Dann verscheuchte er den Hund mit einem harten Schlag an den Kopf. Wenn er schließlich aufstand, war er gleichermaßen wütend auf den Hund wie auf sich selbst. Red duckte sich dann immer vor ihm und fasste erst wieder Zutrauen, wenn Ludlows Wut verflogen war. Aber das dauerte nie besonders lange. Denn Ludlow konnte Red gar nicht für längere Zeit böse sein. Es steckte kein Funken Bosheit in dem Hund. Er hatte Hunger, das war alles. Und anders als sein Besitzer freute sich das Tier auf den Tag, der vor ihm lag.

Im Nachhinein glaubte Ludlow sogar, dass der Hund ihn mit seiner Beharrlichkeit und Sturheit ins Leben zurückgeholt hatte. Red hatte verhindert, dass er sich dem Saufen und seinem Selbstmitleid ergab. Schließlich hatte er irgendwann die Kurve gekriegt. Es war eine Frage der Fairness dem Hund gegenüber. Außerdem hatte es Ludlow in seinem Stolz beleidigt, dass ein Hund lebenstüchtiger sein sollte als er selbst. Er hörte auf zu trinken und sich allzu sehr auf Bill Prine zu verlassen und ging wieder regelmäßig arbeiten. An den Wochenenden nahm er Red zum Fischen mit oder sie fuhren in die Berge. Manchmal hatten sie auch das getan, was er jetzt hier in Ogunquit zum ersten Mal allein ohne seinen Hund tat.

Sein Vater, Avery Allan Ludlow senior, wurde in vier Monaten neunzig. Er hatte eine Angioplastik und zwei Bypass-Operationen hinter sich, bestand aber immer noch auf seiner Schachtel Zigaretten am Tag. Diese Pflegerinnen des Pinewood-Altenheims konnten ihn mal kreuzweise. Auch jetzt rauchte sein Vater, während er mit ihm auf der Veranda in der Hollywoodschaukel saß. Ludlow sah zu, wie sich die Hand des alten Herrn mit der halb gerauchten Zigarette vom Mund wegbewegte. Diese Hand, die sein gesamtes Arbeitsleben lang immer eine Axt, eine Säge oder irgendein anderes Werkzeug gehalten hatte. Von Kindesbeinen an war sein Vater oben in Somerset County in der Holzindustrie tätig gewesen. Abgesehen von seinen Augen, seinem Verstand und seiner scharfen Zunge waren die Hände noch immer der vitalste Teil an ihm. Durch Krankheiten und Bewegungsmangel waren die Muskeln an Beinen, Armen und Rumpf völlig verkümmert. Es sah aus, als hinge ein großer faltiger alter Hautsack an seinem Körper.

Trotzdem hielt Ludlow ihn noch für einen gut aussehenden Mann. Die Damen im Altenheim sahen das vermutlich genauso.

»Paps«, sagte er jetzt. »Ich glaube, ich bin im Begriff, etwas Dummes anzustellen.«

Dann erzählte er ihm von Reds Tod und allem, was danach geschehen war, und davon, was er nun vorhatte. Als er mit seinem Bericht fertig war, hatte sein Vater zwei weitere Winston geraucht und sie von der Veranda geschnippt. Die Hollywoodschaukel wiegte sie hin und her. Sie lauschten dem Ächzen der Metallketten und dem Lachen der Damen hinter ihnen im Haus. Sein Vater nickte. Sein Blick wanderte über den frisch gemähten Rasen und den Hügel hinauf zur Straße, die durch die Stadt und danach ans Meer führte.

»Was du vorhast, ist gar nicht dumm«, sagte sein Vater. »Blut ist Blut. Hast du jemals Tierblut gekostet? Es schmeckt genauso wie unseres. Warum sollte also das Blut eines Menschen besser oder kostbarer sein als das eines Hundes? Red hat zur Familie gehört. Und zur Familie muss man stehen. Du siehst das doch genauso, sonst wärst du nicht hier, um mit mir zu reden.«

»Aber zu Billy stehe ich *nicht* mehr ...«, sagte Ludlow nachdenklich. »Obwohl er auch zur Familie gehört.«

»Wer ist Billy?«

»Dein Enkel.«

»Ich weiß, wer er ist. Ich weiß auch, was er getan hat. Und dass du fast daran zerbrochen wärst. Hat Red dir jemals so etwas angetan? Oder ich? Oder Allie?«

»Nein.«

»Dann komm mir jetzt nicht mit irgendwelchen Schuldgefühlen oder anderem Unfug. *Wir* sind deine Familie. So wie deine Mutter und Tim und Mary deine Familie waren. Verdammt, das alles hast du doch längst mit dir selbst ausgemacht. Sonst ...«

»Sonst wäre ich nicht hier.«

»Ganz genau. Du brauchst bloß jemanden, der dir versichert, dass du noch ganz bei Trost bist. Also: Du *bist* noch bei Trost ... vollkommen. Du musst tun, was dir dein Herz sagt. Lass die Leute denken, was sie wollen.«

Er erhob sich. Ludlow merkte kaum einen Gewichtsunterschied auf der Hollywoodschaukel. Sein Vater legte ihm die Hand auf die Schulter. Obwohl diese groß und breit war, erschien auch sie ihm ungewöhnlich leicht.

»Erledige deine Angelegenheiten, mein Junge«, sagte er. »Und komm mich irgendwann vor meinem Geburtstag wieder besuchen. Du kannst zwar ein ziemlicher Quälgeist sein, aber ich habe nichts gegen deine Gesellschaft. Ganz und gar nicht.«

17

Es dauerte fast eine Woche, bis er den Jungen dort hatte, wo er ihn haben wollte. In einer Situation, die seinem Plan dienlich war. Im Laden kostete es ihn einiges an Extralohn für Bill Prine. Aber der schien nichts gegen ein paar zusätzliche Schichten zu haben. Ludlow wusste auch gar nicht, wie er es sonst hätte bewerkstelligen sollen. Er verbrachte ganze Tage damit, dem Jungen auf Schritt und Tritt zu folgen. Er hatte einen oder zwei Blocks von dessen Haus entfernt gewartet, bis er morgens oder am Nachmittag herauskam und mit seinem Auto losfuhr.

Dabei kümmerte es ihn nicht, dass man ihn womöglich bemerken konnte. Im Gegenteil, er ging davon aus, dass der Anblick des Pick-ups den Jungen nervös machen würde. Genau das bezweckte Ludlow.

An vielen Tagen war der jüngere Sohn, Harold, mit dabei. Die Brüder fuhren zur Cedar Hill Road, wo sie Pete abholten, und von dort aus weiter nach Portland. Einmal brausten sie nach Yarmouth. Im Stadtzentrum stiegen drei Mädchen ein, mit denen sie zu einem Shoppingcenter fuhren, wo sie den ganzen Tag herumbummelten, Pizza aßen und abends ins Kino gingen. Die Mädchen kicherten viel und redeten heimlich miteinander. Das taten die Jungen zwar auch, aber mit dem Unterschied, dass sie versuchten, sich abgeklärt zu geben wie Erwachsene, was ihnen allerdings nicht so recht gelang.

Portland half Ludlow nicht weiter, Yarmouth ebenso wenig. Er brauchte den Jungen in Moody Point. Er brauchte ihn dort in einer ganz bestimmten Situation. Langsam begann er zu bezweifeln, dass diese Situation jemals eintreten würde. Ab und zu hielt der Junge vor einem Laden an, besorgte Zigaretten und fuhr dann weiter durch die Stadt, um irgendwo anders hinzugehen. Ab und zu legten die drei am Ortsausgang einen Zwischenstopp bei *McDonald's* ein und fuhren anschließend weiter. Aber eine Packung Zigaretten war nicht das, was Ludlow in Danny McCormacks Hand sehen wollte.

Am Morgen des fünften Tages der Beschattung kam er mit einem Kaffeebecher und einem Käsebrötchen aus Bill Brocketts Bäckerei und sah Harold McCormack mit dem Rücken an seinem Pick-up lehnen. Seine verschränkten dünnen Arme verdeckten halb das MacIntosh-Computer-Logo auf dem T-Shirt, das der Junge trug. Ludlow ging zu ihm.

Er stellte den Kaffee auf das Wagendach, um ihn ein wenig abkühlen zu lassen, und biss in das Brötchen. Der Junge wirkte nervös, trat von einem Bein aufs andere und rieb dabei den Rücken am Blech, als würde es ihn irgendwo jucken.

»Ich hab Ihren Wagen gesehen«, begrüßte er Ludlow. »Danny hat nichts gemerkt.«

»Wo ist er denn?«

»Drüben bei *Bowman's Auto*.«

»Weiß er, dass du hier bist?«

Harold schüttelte den Kopf. »Ich hab ihm gesagt, ich müsste Zigaretten holen. Er würde ausrasten, wenn er wüsste, dass ich mit Ihnen rede.«

»Tatsächlich?«

»Na klar.«

»Rastet dein Bruder oft aus?«

Ludlow biss erneut in sein Brötchen, dann nippte er am Kaffee. Der war immer noch zu heiß, deshalb stellte er ihn zurück auf das Wagendach.

Der Junge schüttelte seufzend den Kopf. »Hören Sie, Mr. Ludlow. Ich will gar nicht so tun, als ob zwischen Danny und mir immer alles in Butter wäre. Aber darum geht es auch gar nicht.«

»Worum dann?«, fragte Ludlow und biss abermals ins Brötchen.

»Ich wollte ... ich wollte Ihnen sagen, dass es mir leidtut, was wir getan haben. Dass es mir um Ihren Hund leidtut. Deshalb bin ich hier. Um Ihnen das zu sagen.«

Eine Weile sah ihn Ludlow nur an. Überließ ihn dem Nachklang seiner eigenen Worte. Dann nickte er.

»Freut mich, das zu hören«, sagte er. »Aber noch lieber würde ich es von deinem Bruder hören. Trotzdem, es ist schön, dass du das sagst. Die Frage ist aber, was nun?«

»Häh?«

»Wirst du weiterhin für ihn lügen?«

»Gott! Was erwarten Sie denn von mir? Sie haben mich in Gegenwart meines *Vaters* gefragt! Sie haben es ins *Fernsehen* gebracht!«

»Ich erwarte, dass du die Wahrheit sagst, Junge. So wie jetzt. Ich erwarte, dass du es deinem Vater erzählst, und ich erwarte, dass du es gegebenenfalls auch der Polizei erzählst.«

Wieder schüttelte der Junge den Kopf. »Sie kapieren es nicht«, sagte er. »Sie verstehen nicht. Dazu wird es nie kommen.«

»Dann erkläre es mir doch.«

Ludlow stand ruhig da und nippte am Kaffee. Der Junge schüttelte weiter den Kopf, rutschte mit dem Rücken am Wagen hin und her.

»Hören Sie«, sagte er. »Ich muss los. Wenn Danny mich sieht ...«

Er stieß sich von Ludlows Wagen ab.

»Vor wem hast du Angst, Harold? Vor deinem Bruder? Vor deinem Vater? Du warst Manns genug, dich bei mir zu entschuldigen. Dadurch bist du schon jetzt stärker als dein Bruder. Vielleicht sogar auch als dein Vater. Ich glaube nicht, dass du von den beiden viel zu befürchten hast. Oder?«

Harold lächelte. Es war ein trauriges Lächeln.

»Mr. Ludlow, glauben Sie mir, Sie haben keine Ahnung.«

Ludlow blickte dem davonlaufenden Jungen nach und fragte sich, ob Harold nicht vielleicht recht hatte. Ihm war klar, dass er nur einen Ausschnitt des Bildes kannte. Das Familienleben des Jungen konnte ein einziger Albtraum sein. Vielleicht war es aber auch so wie bei den meisten Leuten, mal gut, mal schlecht, meistens irgendwo dazwischen. Er konnte sich nur an das halten, was er wusste. Den Rest galt es, wenn möglich, herauszufinden. Mehr ließ sich nicht tun.

Er aß das Brötchen auf und öffnete die Wagentür, den Blick noch immer auf den Jungen gerichtet. Dann sah er, wie Harold stehen blieb, sich umdrehte und noch einmal zurückkam. Jetzt wirkte er verletzt und wütend.

»Sie haben doch Carla gesehen, unser Dienstmädchen, stimmt's?«, sagte er.

Ludlow nickte.

»Haben Sie auch die verkrüppelte Hand gesehen?«

»Sicher.«

»Und jetzt fragen Sie sich mal, warum mein Vater ein behindertes Dienstmädchen eingestellt hat. Von den vielen Hausangestellten, die es gibt, wählt er ausgerechnet Carla aus.«

»Ich nehme an, dass sie sehr gut ist, trotz ihrer Behinderung.«

»Oh, klar ist sie gut, sicher. Aber das ist nicht der Grund. Damit hat es nichts zu tun. Auch nicht damit, dass mein Vater ein gutes Herz hätte. Denken Sie einfach mal darüber nach, Mr. Ludlow.«

Er machte wieder kehrt und rannte davon.

Ludlow nahm seinen Kaffee, stieg ein und startete den Motor. Er fragte sich, was Harold gemeint hatte. Der Junge versuchte, ihm durch die Erwähnung des Dienstmädchens etwas zu sagen.

Macht, dachte Ludlow. Das Ganze hatte mit Macht zu tun. Das musste es sein.

Er fragte sich, wie oft McCormack die junge Frau an ihre Behinderung erinnerte und was genau er zu ihr sagte. Ob es sich bei McCormacks Verhalten nur um den üblichen Hochmut der Reichen handelte oder womöglich um pure Grausamkeit.

So oder so, er würde das, was der Junge gesagt hatte, so bewerten, wie es gemeint war.

Als Warnung.

Aber das änderte nichts an der Situation.

Am nächsten Tag folgte Ludlow den Jungen zum Baseballplatz der Highschool. Die drei trugen mit fünf anderen Jungen, die Ludlow nicht kannte, ein Spiel aus. Vier Mann pro Team. Über eine Stunde lang beobachtete er sie vom Wagen aus. Dann ging er in Arnies Restaurant und nahm ein verspätetes Mittagessen ein. Als er zurückkehrte, spielten die Jungen noch immer, so wie er es vorausgesehen hatte. Er fand, dass Harold und auch Pete Daoust als Schlagmann keine schlechte Figur machten. Obwohl Pete die Tendenz hatte, selbst nach Bällen zu schlagen, die zu hoch und im Aus waren, bot sich ihm eine Gelegenheit für einen Homerun, und er nutzte sie.

Die eigentliche Überraschung aber war Danny.

Als Pitcher war er gut. Er besaß einen kräftigen rechten Arm, warf sehr genau und hielt den Ball mühelos im Feld. Aber als Schlagmann versuchte er im Eifer des Gefechts, Bälle zu treffen, über die andere nicht einmal nachgedacht hätten. Zu hohe oder zu tiefe Bälle. Bälle, die im Aus gelandet wären. Einfach alles, was auf ihn zuflog. Es war, als könnte Danny es nicht ertragen, auch nur einen einzigen Ball passieren zu lassen.

Eine Gruppe von Mädchen hatte sich eingefunden und schaute ihnen zu. Anfangs versuchte Danny noch, bei ihnen Eindruck zu schinden. Er grinste von der Pitcher-Position zu ihnen hinüber, und wenn er als Schläger einen Ball verfehlte, runzelte er die Stirn und schüttelte theatralisch den Kopf, als hätte er einen schlechten Tag erwischt und wüsste gar nicht, was los war. Aber als er immer schlechter wurde, schien er die Mädchen völlig zu vergessen.

Er hatte kein Auge für den Ball. Von den acht Malen, die Ludlow ihn schlagen sah, schlug Danny vier Bälle ins Aus, zweimal verfehlte er sie, und zwei bugsierte er ins Feld zurück. Aber diese Bälle fing das gegnerische Team problemlos ab, sodass er nur mit Mühe die erste Marke erreichte.

Es lief besser, als Ludlow zu hoffen gewagt hatte. Mit dem Baseballschläger in der Hand wirkte Danny McCormack wie ein Mensch mit einer Berufung, deren Natur er selbst nicht ganz verstand. Deshalb vermochte er sie nur mit äußerster Willenskraft und blankem Zorn zu erfüllen.

Aber niemand lachte über ihn, obwohl sie allen Grund dafür gehabt hätten. Selbst die Mädchen verkniffen es sich und wurden im weiteren Spielverlauf immer stiller. Danny war größer als alle anderen, von zwei Spielern des gegnerischen Teams einmal abgesehen. Vielleicht war er auch der Älteste, aber Ludlow glaubte nicht, dass die Rücksichtnahme der anderen daher rührte. Er nahm an, dass Danny ein Junge war, über den man nicht lachte. Offenbar dachten die anderen genauso. Er fragte sich, inwieweit es ihnen den Spaß verdarb und warum diese Jungen sich das antaten.

Vielleicht war es für die anderen eine Möglichkeit, es Danny heimzuzahlen, dachte Ludlow. Womöglich beobachtete er hier eine ausgeklügelte Demütigung, die sich auf dem neutralen Boden eines Baseballfeldes zutrug. Denn das Spiel selbst sorgte dafür, dass Dannys Zorn nur bis zu einem bestimmten Punkt ging und nicht darüber hinaus.

Schließlich schaute der vierte Mitspieler in Dannys Mannschaft auf die Uhr und schüttelte den Kopf. Die Partie war vorbei. Die Mädchen waren längst verschwunden.

Ludlow beobachtete, wie Danny hinter dem Fangnetz zwei der Metallschläger aus dem Sand aufhob und sie auf die Rückbank seines Autos warf. Er stieg auf der Fahrerseite ein, Pete Daoust setzte sich neben ihn, Harold kletterte nach hinten. Sie verließen den Parkplatz und bogen in Richtung Stadt ab.

Ludlow wartete einen Moment, dann folgte er ihnen.

In der Stadt fuhren sie am *Anchor Restaurant* gegenüber von *Fleury's Drugstore* vor. Ludlow wusste, dass er Danny am Wickel hatte, falls der Junge den Köder schlucken würde.

Er hielt den Pick-up auf der Fahrerseite von Dannys Wagen an, während Harold gerade hinten ausstieg. Er schaltete den Motor ab und sagte: »Hey.«

Danny schloss die Tür und wandte sich um. Pete Daoust bedachte Ludlow über das Wagendach hinweg mit einem finsteren Blick und schlug die Tür zu.

»Sie schon wieder«, sagte Danny. »Was wollen Sie, alter Mann? Sie haben uns verfolgt, stimmt's?«

»Warum hätte ich das tun sollen?«

»Wir haben Ihren Pick-up gesehen.«

»Die Stadt ist klein. Da läuft man sich schon mal über den Weg.«

Er stieg aus, schloss die Tür und stellte sich auf der Bürgersteigkante in die Sonne.

»Wir haben Sie auch drüben in Portland gesehen.«

»Auch das ist gut möglich.«

»Lassen Sie den Scheiß.«

»Welchen Scheiß?«

»Mich zu verfolgen. Sie wissen ganz genau, wovon ich rede. Und ich sage Ihnen, hören Sie damit auf.«

Zwei Arbeiter in Blaumännern und mit alten Boston-Celtics-Mützen auf dem Kopf kamen aus dem *Anchor* und musterten Ludlow und die drei Jugendlichen am Straßenrand. Dann gingen sie weiter und überquerten die Straße.

»Bedrohst du mich etwa, Junge?«

»Ich sag's Ihnen bloß.«

Die Arbeiter drehten sich mitten auf der Straße noch einmal um und schauten zu ihnen zurück, dann setzten sie ihren Weg fort.

»An deiner Stelle würde ich mich nicht mit anderen Leuten anlegen. Es sei denn, du kannst mit den Fäusten besser umgehen als mit den Dingern dort.«

Er machte eine Kopfbewegung in Richtung der Baseballschläger auf der Rückbank und ließ den Blick einen Moment lang darauf ruhen.

»Sie verdammter, alter Drecksack. Was soll das, uns einfach zu beobachten? Spionieren Sie uns nach? Was glauben Sie eigentlich, wer Sie sind?«

»Lass uns verschwinden, Danny«, sagte Harold. »Dad kümmert sich schon darum.«

»Ja. Vergiss doch den Trottel«, sagte Pete.

Ludlow hörte die Unsicherheit in Petes Stimme. Darauf hatte er gehofft. Der dicke Junge war der Joker in diesem Spiel. Nun wusste er, dass seine Rechnung aufgehen würde.

»Du hast einen guten Schwung, Pete«, sagte er. »Und ein gutes Auge. Im Gegensatz zu Schwester McCormack hier.«

»Sie *Penner*!«

Jetzt griff Danny durch das offene Wagenfenster nach hinten. Die beiden anderen Jungen traten einen Schritt zurück, als ihr Anführer mit einem Baseballschläger in der Hand wieder auftauchte. Ludlow hätte fast gelächelt. Es war so einfach. Aber er wusste, dass es ein Fehler gewesen wäre, zu lächeln. Außerdem konnte der Junge vielleicht besser mit dem Schläger umgehen, als es im Spiel den Anschein gehabt hatte.

Ludlow lief vor dem Restaurant über den Bürgersteig, dem Jungen den Rücken zugewandt, als würde er die Flucht vor ihm ergreifen. Er wusste, dass der Anblick seines Rückens Danny ermutigen würde. Feiglinge fühlten sich dadurch immer ermutigt. Als er spürte, dass der Junge dicht genug hinter ihm war, wirbelte er herum und ließ den von der Seite heransausenden Baseballschläger gegen seinen rechten Unterarm prallen.

Der Junge geriet aus dem Gleichgewicht. Seine freie, vom Körper weggestreckte Hand war zur Faust geballt. Obwohl der plötzliche Schmerz in Ludlows Arm intensiv war, wusste er, dass nichts gebrochen und kein Muskel derart geprellt war, dass es ihn hätte aufhalten können. Es war wichtig, dass der Junge als Erster zugeschlagen hatte, aber jetzt musste er die Sache rasch zu Ende bringen.

Während Danny noch versuchte, sein Körpergewicht wieder gleichmäßig auf beide Füße zu verteilen, versetzte Ludlow ihm einen Fausthieb und traf ihn knapp unterhalb des Brustkorbs. Danny jaulte auf und krümmte sich. Ludlow schob den geprellten Arm halb unter den Baseballschläger, hob ihn – und dadurch auch Dannys Arm – ein Stück an, um sich eine neue Lücke zu verschaffen. Dann schlug er dem Jungen mit aller Kraft in die Rippen. Er konnte hören, wie eine davon brach.

Danny schrie auf, ließ den Schläger fallen und ging mitten auf dem Bürgersteig zu Boden.

Ludlow sah sich um. Pete war ein Stück zurückgewichen und stand neben Harold. Das war gut. Er wollte sie nicht in die Sache hineinziehen. Ein Stück die Straße hinunter war eine Frau mit Kinderwagen stehen geblieben und sah ihn mit weit aufgerissenen Augen an. Auf der anderen Straßenseite stand D. L. Fleury in der Tür seines Drugstores, hinter ihm ein Kunde.

Ludlow beobachtete, wie Fleurys erstaunter Gesichtsausdruck allmählich einem breiten Grinsen Platz machte. Ludlow nahm an, dass D. L. ahnte, worum es hier ging.

Mit einem Fußtritt beförderte Ludlow den Baseballschläger in den Rinnstein, sodass der Junge nicht mehr herankam.

Dann beugte er sich herab und flüsterte Danny, der jetzt Rotz und Wasser heulte, etwas ins Ohr.

»Du bist mir voll auf den Leim gegangen, Freundchen. Auf der Straße stehen überall Zeugen, die gesehen haben, wie du mit einem Baseballschläger auf mich losgegangen bist. Einige der Leute sind alte Freunde von mir. Versuch also nicht, eine große Sache draus zu machen. Ich habe nur nachgeholt, was eigentlich dein Vater hätte tun müssen. Du hast es verdient, so oder so. Es bringt mir zwar meinen Hund nicht zurück, aber vielleicht denkst du ja beim nächsten Mal ein bisschen nach, bevor es wieder mit dir durchgeht. Vielleicht denkst du dann an Red und mich.«

Er nickte der Frau mit dem Kinderwagen zu und danach hinüber zu D. L., der ernst zurücknickte. Dann ging Ludlow zu seinem Wagen. Er öffnete die Tür und wandte sich zu Harold und Pete um.

»Ich glaube, er hat sich an den Rippen verletzt«, sagte er. »Ihr solltet euch um ihn kümmern.«

Während er zwischen den Hügeln die Stirrup Iron Road hinauffuhr, rannte vor ihm plötzlich eine kleine schwarze Katze, die ein Kaninchen verfolgte, über die Straße. Es war wie eine Botschaft aus einer anderen Welt. Er stieg voll auf die Bremse und kam wenige Zentimeter vor den Hinterbeinen der Katze zum Stehen. Zitternd saß er eine Weile da und starrte in die Büsche am Straßenrand, in denen die Katze und das Kaninchen verschwunden waren.

Als das Zittern aufgehört hatte, legte er den Gang ein und fuhr vorsichtig weiter.

18

In Sam Berrys Büro roch es nach Pfeifenrauch und alten Büchern. Hinter den Fenstern fegte der Wind die Straße hinab, die Bäume bogen sich, und das Laub wirbelte durch die Luft, aber drinnen im Büro war es still.

Ludlow sah zu, wie Sam die Asche aus seiner Bruyère-Pfeife in den metallenen Papierkorb klopfte, dann den Pfeifenkopf umdrehte, ihn ein paarmal gegen sein künstliches Wadenbein schlug, um ihn anschließend erneut auszuklopfen. Während er die Pfeife mit frischem Tabak aus einem Lederbeutel stopfte, der auf dem Schreibtisch lag, lächelte er kopfschüttelnd.

»Du meinst also, das genügt dir«, sagte der Anwalt. »Verstehe ich das richtig?«

»Ja.«

»Wir sollen die Klage vergessen? Die Sache ist erledigt?«

»Ganz recht. Ich denke nicht, dass wir etwas erreichen würden, du etwa?«

»Viel würde vermutlich nicht herauskommen, nein. Das habe ich dir von Anfang an gesagt.«

Sam sah ihn schmunzelnd an. »Du hast mir was vorgeflunkert, nicht wahr, Av? Du wolltest sie gar nicht verklagen. Du wolltest mich bloß ablenken, damit ich nicht merke, was du im Schilde führst.«

»Du hättest bloß versucht, es mir auszureden.«

»Wohl wahr. Du weißt, dass der Junge dich hätte umbringen können.«

»Mein Gefühl sagte mir, dass Leute wie er niemanden von meiner Statur umbringen, solange man nicht bewaffnet ist. Ob ich nun alt bin oder nicht. Der Junge ist ein Hitzkopf. Ein Feigling und Schläger. Darauf habe ich gesetzt.«

»Aber damit ist die Sache erledigt, richtig?«

»Ja, es ist vorbei.«

»Na, hoffentlich. Dir ist doch bewusst, dass du juristisch auf wackeligem Boden gestanden hast, als du ihn auf diese Weise angegangen bist?«

»Ja, das weiß ich.«

»Isst du manchmal chinesisch, Av?«

»Eigentlich nicht.«

»Ich schon, ab und zu. *Moo goo gai pan*. Rippchen und Frühlingsrollen. Ich mag sogar den wässrigen Tee, den sie einem servieren, und den Glückskeks am Ende. Schade nur, dass die Sprüche in den Keksen meistens ziemlich banal sind. So Sachen wie: ›*Ihre Wünsche werden sich erfüllen.*‹ Oder: ›*Jetzt ist ein günstiger Zeitpunkt, um Ihr Geschäft zu erweitern.*‹

Einmal aber fand ich einen, der hat mich wirklich zum Nachdenken gebracht: ›*Nichts auf dieser Welt lässt sich ohne Leidenschaft erreichen.*‹ Das ist gut, was? In einem *Glückskeks*. Ich fand es jedenfalls bemerkenswert.«

Ludlow nickte.

»Aber ich schätze, mit der Leidenschaft ist es so wie mit dem Wind da draußen in den Bäumen. Eine Weile bläst er kräftig und fühlt sich frisch und rein an. Vielleicht bläst er sogar so lange und intensiv, dass man anfängt, sich daran zu gewöhnen. Man denkt, der Wind wäre ein unentbehrlicher Teil von einem selbst. Wenn du verstehst, was ich meine, etwas, ohne das man sich zu leben gar nicht mehr vorstellen kann. Aber er muss sich wieder legen. Damit man weiterleben kann, ohne dass er einem ständig das Haar zerzaust.«

Er lehnte sich zurück, entzündete ein Streichholz und hielt es an den Pfeifenkopf.

»Bei solchem Wind kriegt man nicht mal seine Pfeife an«, sagte er.

19

»Dad? Ist alles in Ordnung? Deine Stimme klingt so seltsam.«

»Ich bin bloß müde, Allie. Als alter Mann darf ich das doch mal sein, oder? Mach dir keine Sorgen um mich. Mir geht's gut.«

Sie hatte ihn ziemlich spät angerufen. Gegen elf. Er fragte sich, was sie wohl dazu veranlasst hatte. Etwas Neues hatte sie ihm jedenfalls nicht zu erzählen.

Ein Zufall, dachte er. Es hat nichts zu bedeuten.

Sie konnte unmöglich wissen, was sich heute mit dem Jungen zugetragen hatte.

»Du solltest schlafen gehen«, sagte er. »Und ich auch.«

Sie wünschten sich eine gute Nacht.

Er ging zu Bett, konnte aber nicht einschlafen. Immer wieder sah er die schwarze Katze vor den Pickup laufen und fragte sich, ob dieser Vorfall ein böses Omen war.

20

An dem Abend, als sein Laden niederbrannte, hatte er etwas Ungewöhnliches getan.

Statt nach Feierabend nach Hause zu fahren, war er in Arnie Grohns Restaurant gegangen und hatte Hackbraten mit Kartoffelbrei und grünen Bohnen gegessen. Anschließend war er zwei Straßenblocks weiter durch die warme Sommerbrise zum *Birch Tree Inn* gelaufen.

Er saß an der langen polierten Holztheke und trank Bier gemeinsam mit einem Dutzend von Fremden oder Beinahe-Fremden. Einige der Gesichter waren ihm zwar bekannt, mehr aber auch nicht. Im Laufe einer Stunde leerte er drei Gläser, lauschte dem Gelächter der Männer und ihren Stimmen über den Countrysongs aus der Jukebox. Es war, als würden die Leute in einer fremden Sprache sprechen, denn er verstand nichts von dem, was sie sagten. In ihm stieg die gleiche Traurigkeit auf wie in der Nacht, als er Carrie Donnel von seiner Familie erzählt hatte. Er wusste nicht, woher das plötzliche

Gefühl kam und was er dagegen tun sollte. Der Barkeeper war ein junger Mann mit Brille und sandfarbenem Haar. Er sprach mit einem Südstaatenakzent, den Ludlow nicht genau zuordnen konnte. Er war höflich und sagte, das dritte Bier gehe aufs Haus. Überrascht registrierte Ludlow, dass anscheinend sogar ein junger Barmann imstande war, seine Gefühle wahrzunehmen, wenn er direkt vor seiner Nase saß.

Wahrscheinlich standen sie ihm ins Gesicht geschrieben.

Als er fertig war, legte er das Geld für die beiden Biere auf den Tresen und bedankte sich bei dem Barkeeper. Er ging die Straße hinauf zum Pick-up und dachte, dass in dieser einen Stunde die Luft doch merklich kühler geworden war.

Als er an seinem Wagen ankam, stand Luke Wallingford davor. »Mensch, Av. Endlich«, sagte er. »Alle suchen nach dir.«

Mit drei Bier im Blut verstand Ludlow nicht sofort, was Wallingford von ihm wollte. Der Mann betrieb ein kleines Jagdhotel und kaufte bei ihm Fallen und Vorräte. Warum er zu dieser Stunde auf der Straße stand und auf ihn wartete und warum die Leute ihn suchten, wollte ihm nicht in den Sinn kommen.

»Av«, sagte Wallingford, »ich weiß gar nicht, wie ich es dir beibringen soll. Aber dein Laden ist abgebrannt, verdammt noch mal. Es tut mir so leid.«

Ludlow wurde auf einmal bewusst, dass die Leute ihm neuerdings ständig sagten, wie leid ihnen irgendetwas tue.

»Der Laden? Mein Laden?«

»Er ist völlig ausgebrannt. Sie sind noch immer oben. Ein paar vor uns sind hergekommen, um dich zu suchen. Ich habe deinen Pick-up gesehen. Mensch, die ganze Munition, die du im Laden gelagert hast. Das Benzin. Das Haus ist eine einzige Ruine. Ich weiß noch nicht mal, ob das Feuer schon gelöscht ist. Soll ich dich hinfahren?«

»Ich fahre selbst. Danke, Luke.«

»Ich fahre hinter dir her.«

»In Ordnung.«

Während er den Hügel hinauffuhr, sah er den Rauch am Abendhimmel. Dann konnte er ihn schon durchs offene Fenster riechen. Oben angekommen, sah er die Scheinwerfer und Warnlichter, dann den rötlich gelben Feuerschein, die Löschfahrzeuge und die Freiwilligen an den Schläuchen, aus denen sie Wasser durch die zerborstene Fensterfront und nach oben aufs Dach spritzten. Das Feuer brannte noch.

Die meisten Leute kannte er. Ladenbesitzer, Geschäftsführer, Arbeiter, Feuerwehrmänner. Sogar ein Angestellter aus Ludlows Bank war da. Aber ohne ihr gewohntes Umfeld wirkten die Leute hier an diesem Ort und bei dieser untypischen Beschäftigung wie Figuren in einem Traum. Einem Albtraum aus Hitze und beißendem Rauch, aus Dunkelheit und flackernden Lichtern, die sich in der Wasserlache auf der Straße spiegelten. Einem Albtraum, in dem er seine Frau und seinen Sohn ein zweites Mal in den Flammen verbrennen sah.

Er spürte, wie ihn der altbekannte Schmerz von damals überkam. Dazustehen und dabei zuzusehen, wie das, wofür er und Mary gearbeitet hatten, abbrannte, schien seine Frau ein zweites Mal umzubringen. Diese Existenz, dieses einzige ihm bekannte Leben schien imstande zu sein, ihm einen Schlag nach dem anderen zu versetzen. Schlag um Schlag um Schlag. War der Verlust des Hundes etwas anderes gewesen als der abermalige Verlust seiner Frau und seines Sohnes? Was war der Verlust seines Ladens anderes als der erneute Verlust des Hundes?

Er hörte, wie Holzbalken zerbarsten, und er sah, wie Flammen und glimmende Trümmerteile zum Himmel emporschossen. Dann stürzte das Dach ein. Wasserfontänen schossen in das Loch im Gebälk, Rauchschwaden stiegen auf.

Er wandte sich von der Szene ab und legte die Hand auf die kühle Ladefläche des Pick-ups.

Luke Wallingford fragte ihn, ob alles in Ordnung sei. Ludlow bejahte.

»Du bist doch versichert, oder?«

»Mhm.«

»Gott sei Dank.«

»Hast du irgendwas gehört?«
»Worüber?«
»Wie der Brand entstanden ist.«
»Noch nicht. Aber sie werden es herausfinden.«
»Ich schätze, ich weiß es«, sagte Ludlow.

21

In der sternenlosen Nacht wälzte sie sich auf die Seite und wandte ihm den Rücken zu. Er legte den Arm über sie, suchte das sanfte Gewicht ihrer Brust und schmiegte die Wölbung seiner Hand darum. Ihr Haar roch nach dem Rauch des Brandes. Sie zog eine Hand hervor und legte sie um seine.

»Ich sehe dich immer nur, wenn etwas passiert ist«, sagte er.

»Ich weiß.«

»Sag mir die Wahrheit. Du meinst, du würdest für die Geschichte kämpfen. Aber sie werden auch nicht über das Feuer berichten, oder?«

Sie seufzte. »Nein, wahrscheinlich nicht.«

»Weil niemand ums Leben gekommen ist.«

»Genau. Niemand kam ums Leben.«

Er spürte, wie ihm das Herz gegen den Brustkasten schlug wie ein junger Wolf, der sich gegen die Gitterstäbe seines Käfigs wirft.

»Was soll dieser Besuch dann? Eine Art Trostpflaster?«

»Hör auf, Av. Sei nicht so kleinmütig. Das passt nicht zu dir.«

»Tut mir leid.«

»Schon gut. Es tat dir schon leid, während du es gesagt hast. Verziehen.«

Sie drückte seine Hand. Durch das Fenster wehte der Luftzug über sie hinweg.

»Verdammt, wenn ich nur wüsste, was ich tun soll«, sagte er. »Es kommt mir vor, als wäre jedes Mal, wenn ich mich umdrehe, die Welt ein bisschen weiter zusammengeschrumpft.«

Sie nickte.

»Willst du wissen, warum ich hier oben arbeite, Av?«, fragte sie. »Am Arsch der Welt? Mein Vater war achtzehn Jahre lang Polizist in New York City. Er fuhr mit seinem Streifenwagen durch die Upper West Side. Der sicherste Polizeibezirk Manhattans. Andere Cops zogen ihn immer damit auf, was für einen gemütlichen Job er habe. Aber nichts ist gemütlich, wenn es gegen dein Naturell ist.

Nach achtzehn Jahren und zwei Monaten hatte mein Vater einen Nervenzusammenbruch. Nichts Dramatisches. Ich meine, er hat nicht versucht seine Pistole zu verschlucken oder so etwas. Eines Abends fand meine Mutter ihn einfach weinend im Wohnzimmer. Sie setzte sich zu ihm und sah bis zum nächsten Morgen zu, wie er in die Dunkelheit starrte und in seine Hände hineinschluchzte. Dann wollte er nicht mehr zur Arbeit gehen. Er sagte, er könne nicht mehr.

Stattdessen nahm er einen Job als Nachtwächter bei der Jamaica Savings Bank an. Schlug sich durch, um mich durchs College zu bringen.

Vielleicht war es auch die Stadt, die ihn fertiggemacht hat. Oder beides, ich weiß nicht. Er war bis dahin kein einziges Mal aus New York rausgekommen. Aber während meines Abschlussjahres beschlossen meine Eltern, hierher nach Standish zu ziehen, weil eine Schwester meiner Mutter hier lebte. Danach hat mein Vater nie wieder eine Uniform angezogen. Er arbeitete als Verkäufer in einem Lebensmittelgeschäft, meine Mutter fand einen Job als Kellnerin. Und als ich im Sommer meinen Abschluss machte, hatte mein Vater einen Herzinfarkt und starb. Er war 48. Sie haben nur acht Monate lang hier oben gewohnt.

Ich glaube, mein Vater wurde Polizist, weil *sein Vater* auch einer war. Ich denke, er ist da irgendwie reingerutscht. Ausgesucht hat er sich den Beruf jedenfalls nicht. Daran ist er zerbrochen. Er war ein herzensguter, freundlicher Mensch, aber er hat nie gewusst, was er will. Ich glaube, *das* hat ihn schließlich umgebracht.

So bin ich nicht. Ich bin geschaffen für diesen Reporterjob, denn ich bin gut darin. Die meiste Zeit weiß ich ganz genau, was ich will und wo ich sein möchte.«

Sie drehte sich unter seinem Arm um und sah ihn reglos an, ihr Gesicht blass im Mondschein.

»Was ist mit *dir*, Av? Was willst du? Irgendetwas muss es doch geben.«

Zuerst dachte er, sie wolle nur hören, sie sei es, die er sich wünsche. Aber als er sie ansah, merkte er, dass ihre Frage anders gemeint war. Ernster. Sie wusste genau, was mit ihm los war. Er hatte keine Antwort für sie, nichts, was er ihr hätte sagen können. Außer einer Sache:

»Die Wahrheit.«

22

Er träumte von Menschen und Wölfen.

Zuerst sah er sie von Weitem auf einer Waldlichtung im Mondschein, ohne genau zu ahnen, um was es sich handelte. Irgendwelche Gestalten schlichen dicht am Boden zwischen den Eichen umher.

Vorsichtig trat er näher und hörte Knurren und zuschnappende Fänge. Dann merkte er, dass es Menschen waren und irgendwie auch wieder nicht. Es waren Gestaltwandler im blutigen Wolfsgewand. Mal waren sie Wolf, dann wieder Mensch. Ihr Zustand ging fließend ineinander über.

Ein Geruch von Moschus, regennassem Fell, Blut und Urin lag in der Luft.

Sie bildeten einen vagen Kreis, standen in Paaren oder allein da. Auf vier Beinen und auf zweien. Er drückte sich an einen Baum und beobachtete, wie der Kreis größer und größer wurde, während aus dem Dunkel des Waldes immer neue Gestaltwandler hinzukamen. Schon bald waren es zwanzig, dreißig von ihnen. Oder mehr. Der Vollmond schien hell auf sie herab. Jetzt kam einer der Wolfsmenschen ganz dicht an ihm vorbei. Er ging aufrecht und schien den Weg genau zu kennen, denn er achtete nicht auf die Bäume vor ihm, sondern starrte stattdessen den Mond an. In seinen Augen schien der Wahnsinn zu flackern. Dann wurde der Blick plötzlich ruhig.

Ludlow konnte sich nicht erklären, wie eines so schnell auf das andere folgen konnte.

Neugierig folgte er den Kreaturen. Er hatte keine Angst, hielt sich aber trotzdem dicht bei den Bäumen. Plötzlich hatten sie ihn umringt. Ein Dutzend von ihnen, aufrecht stehend. Es waren jetzt Wölfe auf zwei Beinen, bar jeder Menschlichkeit, graubäuchig, muskelbepackt, mit Klauen so scharf wie Adlerkrallen, aufgerissenen Mäulern, spitzen Ohren und hellen heraushängenden Zungen. Sie alle starrten zum Mond hinauf.

Wie auf ein Kommando richteten plötzlich alle ihren Blick auf ihn.

Danach wandten sie sich ab.

Er betrachtete seine Hände und erkannte, dass nun auch er einer von ihnen war.

Er erhob ebenfalls den Blick in Richtung des Mondes, so wie sie es getan hatten. Von der leicht gewölbten Oberfläche starrten ihm seine eigenen Augen entgegen.

Er wachte auf und lag noch eine ganze Weile reglos in der Dunkelheit, während er über den Traum nachdachte.

23

Am nächsten Morgen fuhr er in die Stadt, um Tom Bridgewater aufzusuchen. Es war noch früh. Bis auf Tom, der an der Kaffeemaschine stand, war noch niemand da. Er bot Ludlow einen Kaffee an, aber der lehnte ab. Sie setzten sich an den Schreibtisch, Tom hielt ihm einen Donut hin. Ludlow lehnte erneut ab. Der Sheriff schien auch keinen Appetit zu haben.

»Ich weiß nicht recht«, sagte Tom. Er schüttelte den Kopf. »Vielleicht waren sie es gar nicht. Schwer zu sagen.«

»Nein? Wer dann?«

»Wenn ich das nur wüsste. Hör zu, Av, die Jungen waren nicht einmal in der Stadt, als es passiert ist. Wir haben das überprüft. Die McCormacks waren in ihrem Haus in Cape Elizabeth und haben für ihren Sohn eine Geburtstagsparty veranstaltet. Für den Jüngeren, Harold. Er ist achtzehn geworden. Es gibt zwei Dutzend Zeugen, alle sind verlässlich. Niemand hat die Party zwischendurch verlassen.«

»Was ist mit Pete?«

»Er war auch da und hat dort übernachtet.«

»Dann haben sie jemanden angeheuert.«

»Wer denn? Der Junge? Danny? Ach komm, Av.«

»Der Vater war's.«

»Warum sollte er das tun? Warum sollte er so ein Risiko eingehen?«

»Ich habe seinen Sohn verprügelt.«

»Ich weiß, Av.«

Er musterte Ludlow missmutig. Den kümmerte das nicht.

»Lass in Zukunft die Finger von dem Jungen, tu mir den Gefallen.«

»Habt ihr im Laden irgendwas gefunden, Tom?«

»Zwei Benzinkanister. Jemand hat sie entzündet. Der Täter hat nicht einmal versucht, die Sache zu vertuschen.«

»Und an den Kanistern gibt es keine Fingerabdrücke, stimmt's?«

»Stimmt.«

»Und keiner hat etwas gesehen.«

»Wir haben keine Augenzeugen gefunden. Dabei haben wir fast die ganze Nacht herumgefragt.«

»Aber wer sollte mir so etwas antun wollen? Außer diesen Leuten? Nenn mir einen Namen.«

»Keine Ahnung. Man macht sich eben Feinde. Vielleicht ein durchgedrehter Kunde von dir, dem du nach seinem Geschmack nicht freundlich genug warst. Oder ein verrückter Jugendlicher, der gerne kokelt.«

»Unsinn. So jemanden gibt es hier nicht, und das weißt du auch.«

Tom seufzte. »Hör zu, Av. Ich versuche gar nicht, die Sache herunterzuspielen. Du weißt, dass ich das nie tun würde. Wir sind seit einer Ewigkeit befreundet. Heute Nachmittag fahre ich persönlich zu den McCormacks raus und rede mit ihnen. Ich würde es jetzt sofort tun, aber auf der 91 gab es einen Unfall mit vier Fahrzeugen, eins davon ein Tanklaster. Deshalb haben wir im Moment keine Leute hier. Ich sage bloß, dass wir gegen die McCormacks nichts in der Hand haben. Wenn ich sie einzeln herzitieren und ohne Zeitlimit verhören könnte, würde vielleicht etwas herauskommen. Aber das hat Jackman bereits abgelehnt. Weil der Fall aussichtslos sei. Solange also keiner von ihnen etwas zugibt, sich in betrunkenem Zustand verplappert oder etwas Dummes anstellt, das ich gegen ihn verwenden kann ...«

Er spreizte die Hände. Ludlow sah ihn einen Moment lang an, dann nickte er und erhob sich umständlich.

»Okay, Tom. Melde dich, falls du etwas herausfindest.«

»Av, bitte halt die Füße still. Das ist ein freundschaftlicher Rat. Ich warne dich, um dich zu schützen. Wenn du recht hast, was wahrscheinlich der Fall ist, dann kämpfen diese Leute mit harten Bandagen. Wenn nicht, können sie dich in Grund und Boden klagen.«

»Sicher, Tom. Ich verstehe.«

»Ich meine es ernst.«

»Welches Buch ist gerade dran?«

»Welches Buch?«

»Ja.«

»Ach so. Elmore Leonard. *Hombre*. Es ist großartig.«

»Stimmt, das habe ich auch gelesen. Bis demnächst, Tom.«

»Vergiss nicht, was ich gesagt habe, Av.«

»Mach ich.«

Er verließ das Büro und trat in die kühle Morgenluft hinaus.

Dann fuhr er nach Northfield. Als er am Haus der McCormacks vorbeikam, sah er, dass oben in einem kleinen Eckzimmer Licht brannte. Weiter oben an der Straße wendete er den Wagen und fuhr erneut an dem Haus vorbei, diesmal etwas langsamer. Es standen weder Autos in der Einfahrt noch bemerkte er irgendeine Bewegung. Er parkte einen Block weiter und ging zu Fuß zurück. Der Rasen war erneut frisch gemäht und verströmte einen angenehmen Duft, wie Ludlow nicht umhin kam festzustellen.

Er stieg die Stufen hinauf und klopfte mit dem Hufeisen an die Tür. Das junge schwarze Dienstmädchen mit der verkrüppelten Hand öffnete die Tür und sah ihn verdutzt an.

»Sie sind doch Carla, nicht wahr?«

Sie nickte. »Ja.«

»Erinnern Sie sich an mich?«

»Natürlich, Mr. Ludlow.«

Ihre Stimme war leise und tief. Halb Schnurren, halb Gurren. Ludlow fand, dass die Stimme gut zu ihr passte. Er fand, dass sie eine hübsche Frau war. Auch die verkrüppelte Hand konnte daran nichts ändern. Ihr mandelförmiges Gesicht war fein geschnitten, mit hohen Wangenknochen und großen dunklen Augen, die makellose Haut hatte die Farbe schwarzen Kaffees.

»Dürfte ich einen Moment mit Ihnen sprechen?«, fragte er.

Sie blickte an ihm vorbei, schaute rechts und links die Straße hinab. Ihre Hand spielte nervös am Türknauf. Auf der Straße war es ruhig.

»Ist jemand zu Hause?«

»Nein«, sagte sie.

»Meinen Sie, ich könnte vielleicht kurz hereinkommen? Nur ganz kurz.«

»Sie werden mich in Schwierigkeiten bringen, Mr. Ludlow.«

»Erwarten Sie denn die McCormacks demnächst zurück?«

Sie schüttelte den Kopf. »Nein, erst morgen.«

»Dann wird niemand von meinem Besuch erfahren. Ich verrate es ganz bestimmt nicht. Und mein Wagen steht einen Block entfernt. Ich glaube nicht, dass irgendjemand darauf kommen würde, dass ich hier bin.«

Sie zögerte, schaute noch einmal prüfend nach draußen, dann gab sie ihm ein Zeichen hereinzukommen und schloss die Tür hinter ihm. Auch das leichte Erdbeerparfüm passte gut zu ihr, stellte er fest. Sie wandte sich zu ihm um.

»Wohnen Sie hier, Carla?«

»Ja. Sir. Ich hab oben ein kleines Eckzimmer.«

»Waren Sie gestern Abend zu Hause?«

»Ja, Sir, war ich.«

»Sonst noch jemand?«

»Nur ich. Die anderen waren draußen in Cape Elizabeth. Wegen Mr. Harolds Geburtstagsparty.«

»Keiner ist gestern Abend zurückgekommen? Vielleicht für einen kurzen Besuch?«

Sie schüttelte den Kopf. »Nein, Sir. Niemand.«

Es war das, was er zu hören erwartet und befürchtet hatte. Er nahm an, dass sie ihm die Enttäuschung ansah.

»Ich habe schon mit der Polizei geredet, wissen Sie«, sagte sie. »Die haben heute Morgen angerufen. Haben das Gleiche gefragt wie Sie. Es tut mir leid um Ihren Laden, Mr. Ludlow. Wirklich. Ist eine schlimme Sache.«

»Vielen Dank.«

Er wusste nicht, was er sie noch fragen sollte. Ihr Blick war auf den polierten Parkettboden gesenkt. Plötzlich legte sie die Finger ihrer gesunden Hand um das deformierte Handgelenk und schaute Ludlow wieder an.

»Darf ich Ihnen etwas sagen, Mr. Ludlow?«

»Sicher. Aber nennen Sie mich doch bitte Av. Mein Vater ist *Mr. Ludlow*.«

Sie lächelte. Sie war einer jener Menschen, die mit dem ganzen Gesicht lächeln, nicht nur mit dem Mund. Beinahe wäre es ihm gelungen, das Lächeln zu erwidern. Dann sah sie ihn wieder ernst an.

»Es steht mir nicht zu, das zu sagen, aber Sie sollten wissen, dass es in dieser Familie schwerwiegende Probleme gibt. Ich denke, Miss Edith versucht ihr Bestes, aber ... nun, wissen Sie, Mr. McCormack ist ein schwieriger Mensch. Und die Jungen haben auch ihre Probleme. Ich wünschte, ich wüsste, wie tief sie bei den Jungen gehen. Wirklich, ich wünschte, ich wüsste es.«

Sie schüttelte den Kopf. Er konnte die aufrichtige Besorgnis spüren, die sie beschäftigte. Als ob sie an allem eine Mitschuld hätte. So als ob sie in gewisser Weise eine Komplizin wäre, weil sie im Laufe der Zeit Dinge gehört und gesehen hatte, von denen sie besser nichts mitbekommen hätte. Sie wünschte sich ganz offensichtlich, die Dinge wieder irgendwie richten zu können, obwohl ihr dazu die nötige Macht fehlte. Sie tat ihm aufrichtig leid. Er hatte das Gefühl, mit ihr einem wirklich guten Menschen begegnet zu sein. Es waren nicht ihre Probleme, aber aus Loyalität, aus Zuneigung oder einfach wegen ihres Charakters nahm sie sich die Probleme der Familie zu Herzen und hätte sie am liebsten eigenhändig gelöst.

Er wünschte, er hätte ihr etwas anderes sagen können. Aber es ging nicht.

»Glauben Sie mir, Carla«, sagte er, »zumindest bei dem älteren Jungen reichen die Probleme sehr, sehr tief.«

»Dann hat er es also wirklich getan. Ihren Hund erschossen, meine ich.«

»Ja, das hat er.«

Sie nickte traurig. »Ich wünschte, ich könnte behaupten, es wäre eine Überraschung, aber das ist es nicht. Ich war schon oft kurz davor zu kündigen. Ich bleibe, weil ich glaube, dass Mrs. McCormack mich braucht. Ich weiß, dass sie jemanden braucht. Aber manchmal frage ich mich, ob es das alles wert ist. Von Mr. McCormack und von Daniel muss ich viel einstecken. Mehr, als ich mir eigentlich bieten lassen müsste. Manchmal auch von Harold. Und ab und zu kommen Leute zu Besuch, die auch nicht besonders nett sind. Ich könnte woanders arbeiten. Einen anderen Job zu finden wäre gar kein Problem.«

Sie hob die deformierte Hand. Die Finger sahen aus wie helle dünne Klauen, das Handgelenk war braunweiß gefleckt. Er sah, dass sie sich für die Behinderung nicht schämte. Dafür mochte er sie noch ein bisschen mehr.

»Das hier ist kein Hindernis. Ich habe zwar keine zwei gesunden Hände zum Arbeiten, aber es ist auch nicht so, dass ich bloß eine hätte. Ich komme zurecht, wissen Sie. Meine Mutter brachte mir bei, dass man sich durch nichts unterkriegen lassen darf.

Aber manchmal weiß ich einfach nicht, ob ich gehen oder bleiben soll.«

Er nickte. »Ich kann Ihnen nicht sagen, was Sie tun sollen, Carla.«

»Ich weiß. Ich werde einfach noch eine Weile abwarten und sehen, was geschieht.«

Er wandte sich ab, um zu gehen. »Vielen Dank, Carla. Für Ihre Zeit und dass Sie mit mir geredet haben.«

Auf dem Treppenabsatz drehte er sich noch einmal zu ihr um, als sie schon im Begriff war, die Tür zu schließen.

»Diese nicht so netten Leute, von denen Sie gesprochen haben, war von denen in letzter Zeit jemand hier?«

Sie lachte. »Die kommen *ständig* vorbei«, sagte sie. »Ich sehe sie und *über*sehe sie, wenn Sie verstehen, was ich meine. Auf diese Weise komme ich besser mit ihnen zurecht. Aber gestern Abend war niemand hier, wenn Sie das meinen. Und auch nicht am Tag davor, nein. Aber ich kriege natürlich nicht jedes Telefongespräch mit, das Mr. McCormack führt.«

Er bedankte sich erneut bei ihr, ging zum Wagen zurück und fuhr zu den Daousts in die Cedar Hill Road. Er fühlte sich wie eine Honigbiene, die in einem kargen, verblühten Blumengarten herumschwirrt. Diesmal parkte er vor dem Haus, und als er ausstieg, sah er, dass die Matratze und der Sprungbock neben dem Haus verschwunden waren. Nur die rostige Waschmaschine lehnte noch an der Wand. Daneben stand ein nagelneuer Rasenmäher. Einer, auf dem man sitzen konnte. Das strubbelige Gras war kürzlich gemäht und frisch besät worden. Ihm fiel ein, dass beim letzten Mal die Klingel nicht funktionierte, aber er versuchte es trotzdem. Heute klingelte es.

Die Haustür ging auf. Wie beim letzten Mal stand Daoust hinter dem Fliegengitter, eine graue Menschengestalt vor dem dunklen Hausinnern. Er trug dieselben Klamotten wie beim ersten Mal, ein verwaschenes weißes T-Shirt und eine formlose braune Hose mit Trägern.

»Sie schon wieder«, sagte er.

»Ist Pete da, Mr. Daoust?«

»Nein. Er ist oben in Cape Liza. Warum?«

»Er ist gestern Abend zu Harolds Geburtstagsparty gefahren, nicht wahr?«

»Ja. Warum?«

»Sie haben es wohl noch nicht gehört. Gestern Abend ist mein Laden niedergebrannt. Jemand hat Feuer gelegt.«

»Sie wollen doch nicht etwa behaupten, was ich jetzt denke, oder? Pete hat den ganzen Abend mit den McCormacks und Dutzenden anderer Leute verbracht. Mein Sohn hat nichts damit zu tun. Ausgeschlossen.«

»Übernachtet er dort öfter? Wo die Jungs doch so gute Freunde sind?«

Daoust schüttelte den Kopf. »Nein. War das erste Mal.« *Als ob es ihn beleidigte und er McCormack insgeheim um dessen Geld und Macht beneidete.* »Pete wurde zum ersten Mal von ihnen eingeladen«, sagte er. »Extra für die Party. Na und? Wo liegt das Problem?«

Ludlow ermüdete dieser mürrische fette Mann und seine bärbeißige Art. Außerdem war für ihn offenkundig, was hier gespielt wurde. Die Einladung gab Pete ein Alibi, genauso wie die zum passenden Zeitpunkt veranstaltete Party den anderen eines lieferte. Das ließ sich natürlich nicht beweisen, nie im Leben. Es war, wie Carla gesagt hatte: McCormack hatte nur ein kurzes Telefonat führen müssen. Mit jemandem, der *nicht* auf der Party erscheinen würde.

»Wie ich sehe, hat sich bei Ihnen rund ums Haus einiges getan«, sagte er mit einem Blick auf den Rasenmäher. Daoust sah ihn mit leerem Blick an. Er drückte auf die Türklingel und hörte es drinnen schellen.

Der Mann schien sich unbehaglich zu fühlen. Er trat von einem Bein aufs andere.

»Na ja, wurde auch langsam Zeit. Verstehen Sie?«

»Verstehe. Ich wundere mich nur ein bisschen, denn solche Rasenmäher sind nicht billig. Und wie ich hörte, sind Sie im Augenblick arbeitslos.«

»Ach ja? Dann haben Sie was *Falsches* gehört.«

Daoust war wütend. Er lief puterrot an, doch er wirkte auch irgendwie schuldbewusst. Man sah es ihm deutlich an. Doch er war nicht die Sorte Mensch, die sich lange von Schuldgefühlen beirren lässt. Nicht, wenn es um Geld ging. Ludlow hätte ihm am liebsten durchs Fliegengitter hindurch die Faust ins Gesicht gerammt.

»Lassen Sie mich raten«, sagte er. »McCormack hat Ihnen einen Job zugeschanzt. Und ein nettes Sümmchen hat er auch springen lassen.«

»Gehen Sie zum Teufel, Ludlow«, sagte Daoust und schlug die Tür zu.

Ludlow kehrte zum Wagen zurück. Er spürte, wie ihn wieder dieses Gefühl der Hilflosigkeit überkam und Wut erzeugte. Der ausgebrannte Laden war ihm egal. Das war für die anderen nur ein Versuch gewesen, ihn zu treffen, aber es war ihnen nicht gelungen.

Eine gewichtigere Rolle spielten die Begleitumstände. Das, was er am Vorabend in den Flammen gesehen hatte. Denn letzten Endes ging es immer noch um den Hund und die Art, wie er gestorben war. Er wusste jetzt, was er wollte. Ein Teil von ihm hatte es wohl von Anfang an gewusst. Wenn andere Leute auch keinen Grund dafür sahen, für ihn war es so offensichtlich wie die Sonne am Himmel.

Was für einen Grund hatte denn der Junge gebraucht? Oder der Vater?

Er setzte sich in den Wagen und fuhr nach Hause.

TEIL DREI

RED

24

Mit dem Spaten in der Hand und einer Decke unterm Arm ging er zum Fuße des Baumes.

Er ließ die Decke fallen und begann zu graben.

Die Erde war noch weich an der Stelle. Nach kurzer Zeit stieß er auf den Kadaver des Hundes. Er legte den Spaten zur Seite und hockte sich hin, um mit den Handschuhen an seinen Händen den Schmutz fortzuwischen. Der Hund verströmte einen widerlich süßlichen Gestank, der den Duft der frisch umgegrabenen Erde überdeckte.

Die einsetzende Verwesung hatte die Haut des Hundes verschrumpeln lassen. Maden hatten sich in den aufgeplatzten Bauch und Brustkorb gefressen. Er wischte sie, so gut es ging, vom rötlichen Fell ab. Noch immer umhüllte sein Hemd Reds zerstörten Kopf, aber selbst der Stoff sah für Ludlow dünner und brüchiger aus. Als wäre das, was an jenem Tag am Fluss geschehen war, schon viele Jahre her. Dies war nun das, was von dem Hund noch übrig war. Ein Kadaver, der Ludlow fast fremd vorkam und dem die Seele des Hundes längst entwichen war.

Er breitete die Decke aus, hob das Tier aus der Grube und legte es behutsam ab. Die Erde war feucht und schwarz. Es wimmelte von herumkrabbelndem Ungeziefer. Er wickelte Red in die Decke ein, nahm den Spaten und schüttete das Loch notdürftig wieder zu, um sich den Anblick zu ersparen. Danach trug er den Hund die kleine Anhöhe hinab. Von der Plackerei tat ihm der Rücken weh.

Als er den Pick-up erreichte, sah er am Straßenrand Emma Siddons zerzauste schwarze Promenadenmischung stehen. Die kleine Hündin starrte ihn verständnislos an. Er beobachtete, wie sie in der Luft schnüffelte. Ludlow fragte sich, was sie unter der Decke vermutete. Es war offenkundig, dass sie eine Ahnung hatte, denn normalerweise hätte sie ihn freudig begrüßt, nach Red gesucht oder sich hinterm Ohr kraulen lassen. Heute aber umgab ihn der Geruch des Todes, und die Hündin blieb wie angewurzelt in sicherer Entfernung stehen.

Er legte Red auf die Ladefläche des Pick-up.

Die Hündin stand nur da und winselte. Er fand, dass Emma sie zu großzügig fütterte. Vielleicht fehlten ihr aber einfach nur die Verfolgungsjagden mit Red. Ludlow fragte sich, wer ihr jetzt wohl hinterherhecheln würde. Er stieg in den Wagen, startete den Motor und sah, wie die Hündin zu den Büschen am Straßenrand lief. Sie wandte noch einmal den Kopf und warf ihm aus feuchten Augen einen letzten Blick zu. Dann trottete sie weiter und verschwand im Gebüsch.

Er fuhr mit dem Wagen die Anhöhe hinunter.

25

Auf dem Highway kam er an dem neuen Einkaufszentrum vorbei, mit dem sich McCormack so gebrüstet hatte, einem Dreiviertelkreis von Gebäuden hinter einem überdimensionalen Parkplatz. Der Baumarkt selbst nahm ein Viertel des Kreises ein, der Rest bestand aus einem *K-Mart*-Kaufhaus, einem *IGA*-Supermarkt, zwei Restaurants, einer Reinigung, einem Reisebüro, einem Schönheitssalon, einer *Pac Mail*-Filiale und einem Fitnessclub. Beim Anblick der modernen Geschäfte und des riesigen Parkplatzes kam sich Ludlow mit einem Mal schrecklich altmodisch vor, als sei er aus einer längst vergangenen Zeit an diesen Ort katapultiert worden und wüsste nicht, wie ihm geschah.

Er bog in die ruhigen, baumgesäumten Straßen von Cape Elizabeth Town ein und fuhr eine Weile auf und ab, bis ihm anhand der Aufmachung klar wurde, welches der wenigen Restaurants McCormack wahrscheinlich bevorzugte, wenn er essen ging. Er stellte den Wagen davor ab und ging hinein.

Es war noch nicht ganz Mittag. An der Bar bestellte er ein Bier, bezahlte es und fragte den Barkeeper, ob er den Geschäftsführer sprechen könne. Der Mann deutete auf eine Tür im hinteren Restaurantbereich.

Ludlow klopfte an, eine Stimme sagte: »Kommen Sie rein.« Der Geschäftsführer saß an einem überladenen Schreibtisch in einem winzigen Büro, dessen Wände voller Notizen waren. Ein schlanker Mann mittleren Alters mit schmalem sonnengebräuntem Gesicht und gelockerter Krawatte. Lächelnd sah er Ludlow an.

»Was kann ich für Sie tun?«, fragte er.

Ludlow erklärte, er sei ein Freund der McCormacks aus Portland und unterwegs zu ihrem Haus in Cape Elizabeth. Leider habe er die Wegbeschreibung und Mikes Telefonnummer auf dem Küchentisch liegen gelassen. Aber ihm sei eingefallen, dass Mike erzählt habe, er würde ab und zu hier im *The Captain's Table* essen. Deshalb sei ihm eingefallen, dass man ihm hier vielleicht weiterhelfen könne.

»Sicher«, sagte der Mann, »die McCormacks sind öfter bei uns zu Gast.« Dann beschrieb er ihm den Weg. Ludlow bedankte sich per Handschlag, verließ das Büro und kehrte zu seinem Pick-up zurück.

Eine Meile weiter bog er ab und fuhr eine schmale Straße hinauf, die an einem zerklüfteten Küstenstreifen entlangführte. Rechts von ihm lag das schwarzblaue Meer, auf der anderen Seite standen vereinzelte Häuser am Hang. Dann fuhr er durch einen dichten Wald mit Tannen, Kiefern und einigen Birken und schließlich vorbei an einer Weide, auf der Pferde grasten. Wie vom Geschäftsführer angekündigt, ging die asphaltierte Straße in einen unbefestigten Weg über, der durch das nächste Waldstück führte.

Dann erreichte er den Hügelkamm. Hinter einer Biegung lag das Haus. Weiße Dachschindeln, zwei Stockwerke, frisch gestrichene schwarze Fensterläden. Der weitläufige Rasen hinter dem verwitterten Holzzaun und dem Briefkasten war akkurat gestutzt.

Er parkte am Tor und wartete.

Niemand kam heraus, um nach ihm zu schauen.

Da stieg er aus, trat hinter den Wagen und nahm den Hund von der Ladefläche. Wieder überraschte es ihn, wie leicht Red war. Er musste daran denken, wie sein Vater sich von der Hollywoodschaukel erhoben hatte, ohne dass er es richtig gespürt hatte.

Er erinnerte sich, dass der Hund vor Marys Tod immer auf dem Teppich am Fußende des Bettes geschlafen hatte. Nachher war er jede Nacht zu ihm ins Bett gekrochen und hatte ständig gefurzt, was Ludlow aber nicht gestört hatte. Er jagt im Traum bestimmt einer Katze oder einem Hasen hinterher, hatte er sich gesagt. Vielleicht läuft er auch neben Mary und Tim her. Aber nach *diesem* Gedanken hatte Ludlow regelmäßig nicht mehr einschlafen können, weil es ihn zu sehr aufwühlte. Damals hatte der Hund noch einiges gewogen. Er erinnerte sich gut daran, wie Red sich genau wie er im Schlaf immer herumgeworfen hatte.

Er wusste noch, wie er sein Gesicht nachts immer in dem dichten rötlichen Nackenfell vergraben, wie der Hund sich manchmal zu ihm umgedreht und ihm die tränenüberströmten Wangen abgeleckt hatte. Ein anderes Mal hatte Red, wie in schweigender Übereinkunft, nur still dagelegen und abgewartet, bis Ludlow sich wieder beruhigt hatte. Schon der moschusartige Geruch des ungewaschenen Hundes war ihm ein Trost gewesen.

Er ging auf das Haus zu.

Ein Windstoß wehte Tannenduft zu ihm herüber und verscheuchte den Geruch des Todes aus Ludlows Nase. Er trug den Hund den Weg hinauf, ohne zu wissen, was er tun würde, wenn er das Haus erreichte. Er wusste nur, dass sie den Kadaver sehen sollten.

Er hörte seine Schritte auf den Holzstufen, das müde Schlurfen eines alten Mannes.

Links von ihm im Fenster bewegte sich eine Spitzengardine. Er war noch zwei Stufen vom oberen Treppenabsatz entfernt, als die Haustür aufging.

Er blieb stehen. Die Frau stand im Türrahmen. Ihr langes Haar war zu einem Knoten gebunden. Sie trug Jeans und ein Baumwollhemd mit aufgerollten Ärmeln und wischte sich mit einem Küchentuch die Hände ab, als wäre sie gerade beim Saubermachen gewesen. Er bemerkte den erschrockenen Ausdruck in ihren Augen. Es war der gleiche wie damals auf der Treppe, diesmal kam allerdings noch Verwirrung hinzu.

Er sah, wie ihr Blick auf das Bündel in seinen Armen fiel, dann wieder auf ihn und wieder zurück. Ihre Augen wurden größer. Sie zuckten nervös hin und her, als ihr klar wurde, was unter der Decke lag.

»Oh, mein Gott«, sagte sie.

»Ich muss mit Ihrem Mann reden, Madam.«

»Oh, mein Gott.«

Sie schlug die Hand vor den Mund. Er sah, dass sie weinte.

»Entschuldigen Sie bitte. Ihr Mann ist derjenige, der das hier sehen soll, nicht Sie.«

Sie schüttelte hilflos den Kopf.

»Warum tun Sie uns das an? *Ich begreife es nicht.*«

»Ich möchte nicht unhöflich sein, Madam, aber ich fürchte, Sie verstehen das falsch. Ich meine, wer hier wem etwas angetan hat.«

Sie trat auf ihn zu und wandte den Kopf zur Seite.

»Sehen Sie das?«

Unter den Haarkringeln, die ihr Gesicht umrahmten, schimmerte über dem Wangenknochen ein hässliches blaugelbes Veilchen.

»Das habe ich mir gestern Abend eingefangen, Mr. Ludlow. Wir machten uns gerade fertig, um schlafen zu gehen. Alles, was ich getan habe, war, nach Ihnen zu fragen. Verstehen Sie? Ich habe nur Ihren

Namen erwähnt und Michael gefragt, was in aller Welt los sei. Die Antwort war eine Ohrfeige.«

»Tut er so etwas öfter?«

»Nein. Nie.«

»Nie zuvor?«

»Einmal. Vor langer Zeit. Er hatte zu viel getrunken.«

»Ein Mann, der seine Frau einmal schlägt, tut es immer wieder.«

»Ohne Sie wäre es nie dazu gekommen! Begreifen Sie das nicht? Können Sie uns nicht einfach in Ruhe lassen?«

»Ich habe diese Sache nicht angefangen, Madam. Tut mir leid, dass Sie hier sind und das miterleben müssen. Es war nicht meine Absicht, dass Sie sich aufregen.«

Sie schaute wieder auf das Bündel. »Mein Gott«, sagte sie. Er sah, wie sie blass wurde und sich erneut die Hand vor den Mund hielt. Einen Moment lang dachte er, sie müsse sich übergeben. Der Wind hatte sich gelegt. Der Gestank des Kadavers wurde wieder intensiver. Der Geruch des Todes umgab sie beide.

»Wo ist Ihr Mann, Madam?«

»Hier bin ich«, sagte McCormack.

Sie traten hinter der Frau durch die offene Haustür, der Mann und die beiden Jungen. Hinter ihnen im Schatten sah Ludlow Pete Daoust stehen. Danny hielt eine Pistole in der Hand. Dem Aussehen nach war es ein .38er Revolver.

Sein Vater war ebenfalls mit einer .44er Magnum bewaffnet. Ludlow hatte einmal so ein Ungetüm abgefeuert. Mit einer Magnum konnte man Bären erlegen.

Diese Familie hat es mit den Waffen, dachte er. Wenn schon, denn schon.

»Sie sind verrückt, Ludlow«, sagte McCormack. »Einfach herzukommen.«

»Vielleicht.«

»Mein Freund, daran besteht kein Zweifel.«

»Manchmal muss man eine Sache vor Augen geführt bekommen, um sie wirklich zu begreifen, Mr. McCormack. Man muss sie schmecken, riechen. Erst *dann* begreift man. Gestern Abend hat jemand meinen Laden niedergebrannt. Ein paar Tage vorher wirft mir jemand einen Stein durchs Fenster. Aber wegen dieser Geschichten bin ich nicht hier. Ich bin *deswegen* hier.«

Behutsam legte er den toten Hund auf der Veranda ab und schlug die Decke zurück.

»Es geht immer noch darum.«

»Igitt. Das ist widerwärtig.«

Ludlow zog das Hemd von den Überresten des Hundekopfes. Dabei zerriss der brüchige Stoff. Maden wanden sich im plötzlichen Licht.

»Nehmen Sie ihren gottverdammten Köter und verschwinden Sie, Ludlow. *Auf der Stelle.*«

»Das will ich gern tun. Wenn Sie mir verraten, was *Sie* in der Sache zu tun gedenken.«

»Einen Scheißdreck werde ich tun. Sie stehen widerrechtlich auf meinem Grundstück.«

»Das weiß ich.«

»Dann wissen Sie auch, dass ich Sie erschießen könnte.«

»Ja.«

Ludlow sah, wie Danny mit zwei schnellen Schritten an seinem Vater vorbeiging, sich vor ihm aufbaute und ihm die Pistole ans Ohr drückte.

»Sie blöder alter Sack«, sagte er. *»Sie tun nie, was man Ihnen sagt.«*

Ludlow packte mit beiden Händen den Unterarm des Jungen. McCormack brüllte: *»Nein, verdammt, Danny!«,* als plötzlich die Waffe losging und Ludlow etwas Nasses am Kopf spürte. Dort, wo eigentlich sein Ohr war. Die Waffe blieb weiter an seinen Kopf gepresst, sodass er das Schießpulver riechen konnte und den kalten blutigen Lauf an der Wange spürte, während er rücklings die Treppe hinabstürzte. Seine Hände umklammerten noch immer den Unterarm des Jungen, sodass er ihn mitriss und Brust an Brust mit ihm auf dem Rasen landete.

Er versuchte, ihm die Waffe zu entreißen, schlug den Unterarm auf die unterste Treppenstufe, hörte den Jungen unter einer Flut tosenden Lärms aus weiter Ferne aufschreien.

Die Waffe fiel ins Gras. Ludlow stieß den Jungen von sich weg, griff nach dem Revolver und hielt Danny die Mündung an den Kopf, den anderen Arm fest um den Hals des Jungen geschlungen. Danny versuchte sich herauszuwinden, aber dann spürte er die Waffe und gab Ruhe.

Ludlow hatte sich wieder den Rücken verrenkt. Diesmal war es besonders schlimm. Er spürte, wie der Schmerz bis in seine Beine hinab ausstrahlte. Blut tropfte aus seinem Ohr auf Dannys Wange und in den offenen Mund. Der Junge holte mühsam Luft, als er das Blut in einem feinen roten Rinnsal ausspuckte.

»Ich bin noch nie einem so niederträchtigen Burschen wie dir begegnet«, sagte Ludlow.

Er legte den Finger an den Abzug.

»Wenn man schon auf jemanden schießt, dann sollte man auch richtig treffen. Sonst bleibt man womöglich selbst auf der Strecke.«

McCormack brüllte irgendetwas. Wegen des Klingelns in seinem Kopf verstand Ludlow ihn aber nicht.

Er blickte auf und sah, dass die .44er Magnum auf ihn gerichtet war.

»Nehmen Sie die Waffe runter«, sagte Ludlow. »Sie können mich nicht erschießen, ohne dass ich Ihren Sohn töte. So einfach ist das.«

Er sah, wie die Lippen der Frau das Wort *Bitte* formten. Ob es ihm galt oder ihrem Mann, konnte er nicht sagen. Ihr Gesicht sah plötzlich alt und verhärmt aus. Einen Moment lang funkelte McCormack ihn wütend an, dann ließ er die Magnum sinken. Ludlow beobachtete ihn einige Sekunden lang, dann wandte er sich wieder an Danny.

»Hör mir genau zu. Wir stehen jetzt beide auf, Daniel. Gemeinsam, ganz langsam. Zuerst hocken wir uns auf die Knie, dann erheben wir uns.«

Der Junge gehorchte. Ludlow schmerzte der Rücken so sehr, dass er beinahe wieder zusammengesunken wäre. Er ließ es nicht zu. Er spürte, wie ihm Blut am Hals hinablief, und fragte sich, ob von dem Ohr überhaupt noch etwas übrig war.

»Madam«, sagte er. »Werfen Sie mir bitte das Handtuch zu.«

Ihre Finger krallten sich in den Stoff, die Knöchel rot vor Wut. Zitternd machte sie einen Schritt vorwärts. Ihr Gesicht war kreidebleich. Sie gab ihm das Tuch. Ludlow nickte ihr zu und drückte es sich ans Ohr.

Die Mündung des Revolvers klebte an Dannys Schläfe. »Ich bringe Ihren Sohn jetzt in die Stadt«, sagte er. »Hausfriedensbruch ist eine Sache, wahrscheinlich habe ich mich dessen schuldig gemacht. Aber ein bewaffneter Angriff ist etwas ganz anderes. Ich habe noch nie gehört, dass einem vermeintlichen Eindringling am helllichten Tage aus nächster Nähe das Ohr weggeschossen wurde. Und die Polizei, glaube ich, auch nicht. Ich denke, sie werden mit Danny reden wollen. Diesmal schaffen wir es vielleicht sogar in die Zeitung, Mr. McCormack. Man kann nie wissen.«

McCormack brüllte etwas.

»Ich kann Sie nicht hören«, sagte Ludlow. »Tut mir leid.«

Er drückte Danny die Waffe in die Rippen und führte ihn den Weg hinunter. Dann befahl er ihm, stehen zu bleiben, und wandte sich um. Er sah die Frau an, McCormacks Gattin, die wie erstarrt vorn auf der Veranda stand.

»Es wäre nett, wenn Sie den Hund wieder zudecken würden, Madam«, sagte er. »Ich werde ihn später abholen.«

26

»Du fährst«, sagte er. Er gab Danny den Wagenschlüssel.

Mit vorgehaltener Waffe ließ er Danny einsteigen. Als er sich stöhnend auf den Beifahrersitz setzte, spürte er den lauernden Blick des Jungen. Offenbar hoffte Danny, dass er schlappmachen würde.

»Los jetzt«, sagte Ludlow.

Der Junge steckte den Schlüssel ins Zündschloss und ließ den Motor an.

»Fahr langsam. Die Straße ist holprig.«

»Fehlt Ihnen irgendwas?«

»Ja, mir fehlt etwas.«

»Sie schießen sowieso nicht.«

»Hast du damit gerechnet, dass ich heute bei euch auftauchen würde?«

»Nein.«

»Woher willst du dann wissen, was ich tun werde?«

»Sie sind ein verrückter alter Mann.«

Die Stimme des Jungen kam aus weiter Ferne, noch immer gedämpft vom Rauschen in seinem Kopf.

»Mag sein«, sagte Ludlow. »Aber dann solltest du lieber tun, was ich dir sage, findest du nicht?«

Der Junge legte den Gang ein und fuhr los. Ludlow drehte das blutgetränkte Handtuch um und drückte sich die saubere Seite ans Ohr. Dann betrachtete er das Handtuch. Auch die frische Seite war jetzt blutig, aber weniger, als er erwartet hatte. Er nahm an, dass die Blutung nachließ. Im Rückspiegel versuchte er, sich die Verletzung genauer anzusehen.

Die obere Hälfte der Ohrmuschel war verschwunden, als hätte man sie mit einem gezackten Löffel weggerissen. Unter den blutigen Hautfetzen schimmerte zerquetschte Knorpelmasse hindurch. Hinterm Ohr verlief eine etwa drei Zentimeter lange, glänzende Linie, auf der es keine Haare mehr gab. Hätte er den Kopf nur ein kleines bisschen schräger gehalten, wäre er ein toter Mann gewesen. Er klappte den Spiegel zurück und hielt sich das Tuch ans Ohr.

»Nützt es etwas, wenn ich sage, dass mir das mit Ihrem Hund leidtut?«

»Am Anfang hätte es dir vielleicht noch geholfen. Wenn ich gesehen hätte, dass du es ernst meinst. Jetzt ist der Zug abgefahren. Dein Bruder hat sich übrigens schon entschuldigt, wusstest du das? Nein. Ich wette, du hast es nicht gewusst. Und ich finde, deine Entschuldigung kommt reichlich spät. Du hast die Grenze lange überschritten.«

»Mister ...«

»Fahr einfach weiter«, sagte Ludlow.

Hinter dem Wald kamen sie wieder auf die asphaltierte Straße. Sie fuhren an der Weide entlang. Ludlow fiel auf, dass Danny selbst hier auf der ebenen Fahrbahn nicht schneller als dreißig fuhr, wahrscheinlich um Zeit zu gewinnen, dachte er. Er heckte wahrscheinlich irgendetwas aus, womit er Ludlow doch noch davon abbringen konnte, ihn der Polizei zu übergeben. Nun, dreißig Meilen die Stunde waren schnell genug. Sein Rücken fühlte sich etwas besser an, tat aber immer noch weh. Die durch den Knall verursachten Kopfschmerzen hämmerten gegen seine Schläfen. Je langsamer sie fuhren, desto besser.

Erst als sie das zweite Waldstück erreichten, wurde ihm sein Denkfehler klar.

Plötzlich wurden sie von hinten gerammt. Er sah Danny an und merkte, dass der Junge gar nicht überrascht war. Er hatte die anderen längst im Rückspiegel gesehen. Ludlow stieß mit der rechten Hand gegen das Armaturenbrett, seine Schulter prallte gegen die Tür. Er sah Danny nach dem Revolver schielen.

Vergiss es, Junge, dachte er und hielt die Waffe ganz ruhig auf ihn gerichtet.

Hinter ihnen sah er McCormack am Steuer eines großen schwarzen Lincoln sitzen. Neben ihm zeichneten sich die Umrisse eines Jungen ab, dem Umfang nach zu urteilen Pete. Hinten saß eine dritte Person. Ludlow nahm an, dass es Harold war. Er fragte sich, ob der Junge wohl freiwillig mitgekommen war.

Der Lincoln rammte sie erneut. Diesmal war Ludlow darauf vorbereitet und stützte sich ab. Der Pick-up machte einen Satz nach vorn, hielt sich aber auf der Straße.

Ludlow sah, wie Danny den Fuß vom Gas nahm.

»Nein«, sagte er. »Du fährst schön weiter.«

Der Junge verzog das Gesicht, gehorchte aber.

McCormack will erreichen, dass wir gegen den Baum fahren. Obwohl sein eigener Sohn hier drinsitzt.

Und dieser Mann behauptete, *er* – Ludlow – sei verrückt.

Er versuchte, einen klaren Gedanken zu fassen. Sein Kopf dröhnte.

Er konnte den Jungen anhalten lassen, aussteigen und McCormack zur Rede stellen. Aber genau das wäre dem Mann wahrscheinlich am liebsten gewesen. McCormack hatte die Magnum dabei, und er hatte mit seinen Schießkünsten geprahlt. Ludlow hingegen hatte seit dem Krieg nicht mehr auf Menschen geschossen, schon gar nicht mit einer Handfeuerwaffe. Er konnte den Jungen als Geisel benutzen und versuchen, auf diese Weise zu entkommen. Aber Danny hatte recht: Ludlow würde ihn nicht töten. Und es sollte auch niemand anderes zu Schaden kommen. Deshalb war es ausgeschlossen, einfach aus dem Fenster zu schießen. Das wusste inzwischen offensichtlich auch McCormack. Dass Ludlow keine Toten wollte. Wahrscheinlich hatte der Kerl sich gerade deshalb an seine Fersen geheftet.

Weil er darauf zählte.

Nein. Es war besser, einfach weiterzufahren und darauf zu hoffen, dass McCormack nicht das Leben seines Sohnes aufs Spiel setzen würde. Wenn sie den Wald hinter sich gelassen hatten, würden sie auf einer offenen Küstenstraße fahren. Dort gab es Häuser, in denen Menschen wohnten. Zeugen. Danach kamen der Highway und die Stadt.

Sie mussten es einfach nur durch den Wald schaffen. Noch etwa zwei Meilen.

Der Lincoln rammte sie erneut, diesmal härter.

Der Pick-up brach zur Seite aus, schlingerte, fing sich aber wieder.

»Mann! Können wir nicht aufhören mit diesem Mist?«, rief Danny. »Sie bringen uns noch um!«

»Fahr einfach weiter wie bisher. Nicht schneller.«

»Er wird nicht aufhören, glauben Sie mir.«

»Das sollte er aber.«

»Ich kenne ihn. Er hört nicht auf.«

»Vielleicht kennst du ihn nicht so gut, wie du glaubst.«

»Ich sag's Ihnen doch, verdammt noch mal! Wir müssen anhalten!«

»Schon vergessen? *Ich tue nie, was man mir sagt.* Aber diese Waffe hier sagt, du sollst weiterfahren.«

Dem Jungen brach der Schweiß aus. Seine Hände umklammerten das Lenkrad.

Einen Moment lang flackerten in Ludlow Zweifel auf. Er wusste, dass der Junge ein Lügner war, und zwar ein verdammt guter. Was er aber nicht wusste, nicht wissen *konnte*, war, wie gut Danny *wirklich* log. Ob das, was er über seinen Vater sagte, stimmte oder nicht.

Im nächsten Augenblick beantwortete sich seine Frage.

Ein Blick zurück zeigte ihm, dass der Lincoln zehn Meter zurückgefallen war.

Plötzlich kam er wieder auf sie zugerast.

Der Wagen rammte sie mit etwa 70 Sachen. Er traf die Ladefläche auf der Beifahrerseite. Ludlow hörte das Geräusch von zerspringendem Glas und das Kreischen von aufeinanderprallendem Metall. Neben ihm brüllte Danny etwas, das er nicht verstand. Einen Moment lang schienen sie schwerelos zu sein, gemeinsam in der Zeit erstarrt. Reisende in einer plötzlichen Leere. Dann schlugen sie hinter der Böschung auf, rasten durchs Unterholz und auf die Bäume zu. Er sah, wie auf seiner Seite die Windschutzscheibe zersprang, getroffen von einem herabhängenden Ast. Er spürte, wie ihm ein Schauer aus feinen Glassplittern ins Gesicht und über die Hände regnete. Der Pick-up kippte auf die Seite, überschlug sich, richtete sich wieder auf und überschlug sich aufs Neue, sodass Ludlow erst an das Wagendach prallte, dann in den Beifahrersitz zurückfiel und schließlich wieder gegen die Decke stieß. Auf einmal sprang die Tür auf, obwohl er schon nicht mehr wusste, wie viel Zeit bis dahin vergangen war.

Er spürte noch, wie Danny gegen ihn geschleudert wurde, als irgendetwas den Pick-up abrupt zum Stehen brachte. Das Letzte, was ihm durch den Kopf ging, war vollständiger Unsinn.

Geh hinter den Rasierapparat, dachte er. *Hinter den Rasierapparat.*

27

Zuerst konnte er nichts sehen, nur hören.

Raue Stimmen. Wütende Stimmen. Aufgeregt und vielleicht auch ängstlich. Anfangs ergaben die Laute keinen Sinn, fügten sich erst allmählich zu Worten und Sprache zusammen. Aber aus irgendeinem Grunde verstand er vom ersten Augenblick an die Gefühlsregungen, die in den Lauten lagen. Es war, als lauschte er im Halbschlaf einer fremden Sprache oder als sei er ein Hund, der instinktiv am Tonfall erkennt, wie seinem Herrchen zumute ist.

»Dann sucht das verfickte Ding eben!«

McCormacks Stimme. Er fand, ein Vater sollte nicht in diesem Ton mit seinen Söhnen reden.

»Machen wir ja, Dad!«

Harolds Stimme. Zittrig, verängstigt. Ganz in der Nähe. Irgendwo links von ihm. Er hörte, wie der Junge durch das dichte Laub stapfte und anschließend über die Oberfläche eines Felsens schlurfte.

Er lag auf einem Bett aus Tannennadeln. Er konnte sie riechen und spürte, wie sie ihm in den Handrücken piekten. Sein Kopf lag neben einer Baumwurzel. Ob er aus dem Wagen herausgeschleudert worden war oder ob sie ihn dorthin geschleift hatten, wusste er nicht.

»Probiert es mal da drüben. Habt ihr noch mal im Pick-up nachgesehen?«

Ein Seufzer. »Blablabla.« Dann lauter: »Ja, Dad.«

Das war Dannys Stimme. Sie klang missmutig. Als ginge ihm sein Vater nur noch auf die Nerven. Danny war also am Leben und wohlauf. Ludlow konnte seine Schritte neben sich auf den Tannennadeln hören.

Es gab einfach keine Gerechtigkeit auf Erden.

»Ich will, dass ihr die beschissene Waffe findet. Beeilt euch!«

Allmählich wurde sein Kopf wieder klar. Es wäre nicht klug, sie merken zu lassen, dass er bei Bewusstsein war. Also blieb er reglos liegen und hob nur einen Spaltbreit die Augenlider, sodass er die anderen vage erkennen konnte. Zu gern hätte er sich ein bisschen bewegt, um festzustellen, ob er sich etwas gebrochen hatte. Aber er wagte es nicht. Er hörte, wie sie hin und her liefen und den Boden absuchten.

Wonach? Nach dem Revolver, den er Danny abgenommen hatte. Er konnte sich nicht erinnern, wie er ihn verloren hatte. Vorsichtig tastete er den Boden ab. Die Waffe war nicht da. Natürlich nicht.

»Dad, wenn *wir* den Revolver nicht finden, warum glaubst du dann, dass *sie* ihn finden werden?«

Wieder Danny. Ungeduldig. *Der Junge will nur noch nach Hause,* dachte Ludlow.

»Weil es Bullen sind, du Idiot.«

»*Kleinstadt*-Bullen. Ich meine, wir reden hier doch nicht vom FBI, oder? Für die wird es wie ein Unfall aussehen, nichts weiter. Die Kerle sind doch keine Experten. Sie werden es einfach als Unfall abhaken und basta.«

Er war nicht so zuversichtlich, wie er vorgab. Diesmal hörte Ludlow die nervöse Anspannung in Dannys Stimme. Also hatte der Unfall ihn zumindest erschüttert. Das war zwar nicht viel, aber wenigstens etwas. In dieser Hinsicht war der Junge wie alle anderen Menschen. Er bangte um sein Leben, wenn er in einem Auto auf Bäume zuraste. Er fürchtete sich vor Strafverfolgung.

»Ich glaub, dein Vater hat recht, Dan.«

Pete Daoust. Er war am weitesten von ihm entfernt, irgendwo außerhalb seines Blickfelds. Dieser Junge hatte eindeutig Angst, seine Stimme klang brüchig.

»Die Waffe ist ein *Beweisstück,* Mann«, sagte er. »Sie gehört *euch.* Wenn sie sie finden, wie ist sie dann hierher gelangt? Überleg mal, Alter! Wir *müssen* sie finden.«

»Wir *müssen* gar nichts, du Klugscheißer. Wie gesagt, wenn wir sie nicht finden, finden die Bullen die Knarre schon gar nicht.«

»He, ihr beiden! Haltet die Klappe. Sucht einfach den Scheißrevolver.«

Wieder McCormack.

Ludlow sah, wie der Mann von links nach rechts an ihm vorbeiging. Die Magnum schimmerte im Licht, das zwischen den Bäumen hindurchfiel. Dann trottete Pete Daoust an ihm vorüber, in den Händen ein Gewehr oder eine Schrotflinte. Ludlow konnte es nicht genau erkennen, ohne die Augen noch weiter zu öffnen.

Sie setzten ihre Suche noch eine Weile schweigend fort.

Er hörte nur ihre Schritte, das Gezwitscher der Vögel und den Wind in den Bäumen.

»Verdammte Mäusekacke«, flüsterte Pete.

Die Stille war förmlich greifbar.

Einige Zeit später seufzte McCormack.

»Na schön. Ich glaube, wir sollten langsam hier verschwinden. Jedenfalls mit dem Lincoln oben an der Straße. Ich schätze, der Revolver ist ihm aus der Hand gefallen, als die Tür aufflog. Wir können also nur das Beste hoffen. Es gefällt mir zwar überhaupt nicht, aber hier noch stundenlang herumzusuchen kommt auch nicht in Frage.«

Er stieß erneut einen Seufzer aus und stand dann einfach reglos da, so als würde er über etwas nachdenken.

»Pete, Harold, sammelt ein paar Äste auf und verwischt das Laub. Keiner von uns war jemals hier, verstanden? Danny? Komm her. Tu, was wir dir sagen, Junge.«

Aus dem Augenwinkel sah Ludlow, wie etwas Großes, Dunkles von einer Hand in die nächste wanderte.

»Dad ...«

Harolds Stimme klang flehend.

Aber es war nicht nur das. In diesem Moment lag noch etwas anderes in Harolds Stimme, das Ludlow warnte. Eine Art Müdigkeit und mürrische Resignation. Er riss die Augen auf und wälzte sich beiseite. Dabei sah er, dass Danny über ihm stand, sah den dicken Ast auf sich zusausen, dorthin, wo das halbe Ohr hing. In diesem Augenblick – viel zu spät – begriff er, was sie vorhatten: Sie wollten ihm eine noch schlimmere Verletzung zufügen, um die Schusswunde zu kaschieren. Plötzlich fuhr ihm ein heftiger Ruck durch den Körper. Er dachte noch: Oh, Gott, so ist das also, so muss Red sich gefühlt haben, als ihm die Ladung Schrot den Kopf weggerissen hat. Dann stürzte er in eine Dunkelheit, die so tief war, dass sie ihn beinahe blendete.

28

Es war gegen Abend, als er zum zweiten Mal das Bewusstsein zurückerlangte.

Als er erwachte, konnte er sich an nichts mehr erinnern.

Er hatte keine Ahnung, wer oder was er war. Er hätte ein Waldgeist sein können, neugeboren aus Erde und Tannennadeln am ersten Schöpfungstag. Ohne körperliche Substanz. Er hätte alles Mögliche sein können.

Er versuchte sich aufzusetzen, aber es gelang ihm nicht. Über ihm sausten die Bäume im Kreis herum, als läge er im Zentrum eines riesigen Kettenkarussels, das ein törichter Schausteller absurderweise mitten in den Wald gestellt hatte.

Er bewegte sich wie ein Kleinkind, das nicht wusste, wie es seine Gliedmaßen gebrauchen sollte. Erst den einen Fuß, dann den anderen, erst die eine Hand, dann die andere. Dann Arme und Beine. Er blinzelte, um den Taumel zu verscheuchen. Dann noch einmal.

Als er glaubte, sich aufsetzen zu können, versuchte er es aufs Neue. Diesmal klappte es.

Ein intensiver stechender Schmerz durchfuhr ihn und verschwand genauso plötzlich wieder. Ein Phantomschmerz irgendwo in seinem Phantominneren. Er tastete seinen Hinterkopf ab und spürte etwas seltsam Weiches, Feuchtes, wie schwammiges Moos. Er betrachtete seine Hand. Sie war klebrig, rot und braun beschmiert und voller Tannennadeln.

Er fragte sich, was geschehen war.

Einige Meter entfernt sah er einen Pick-up im Halbdunkel auf dem Dach liegen, um einen Baumstamm gebogen wie ein Finger um einen Bleistift.

Das Fahrzeug kam ihm irgendwie bekannt vor.

Er versuchte aufzustehen. Bis auf die Knie schaffte er es, aber weiter ging es nicht. Deshalb kroch er zum nächsten Baum, schlang die Arme um den Stamm und zog sich langsam hoch. Bis das Zittern in seinen Knien nachließ, begnügte er sich damit, den Baum zu umarmen wie eine Geliebte, die Wange sanft an die duftende Rinde geschmiegt. Nach einer Weile ließ er den Baumstamm los und setzte sich vorsichtig in Bewegung.

Sein Ziel war der Pick-up. Der kam ihm wirklich bekannt vor.

Er blieb dicht bei den Bäumen. Einmal stolperte er, aber er bekam gerade noch einen Ast zu fassen und hielt sich auf den Beinen. Erneut durchfuhr ihn der stechende Schmerz und verschwand gleich darauf wieder. Der Wald verschwamm vor seinen Augen.

Als er den Pick-up erreicht hatte, bückte er sich hinab und schaute auf der Fahrerseite in den Innenraum des Fahrzeugs. Alles Mögliche lag über die Wagendecke verstreut. Ein zerbrochenes Papiermesser. Eine halb zerfetzte Landkarte. Eine leere Limonadendose. Ein abgebrochener Scheibenwischer. Kaugummipapier. Der Inhalt des Aschenbechers, der alles mit feinem grauem Pulver bedeckte, in das sich spitze gezackte Glassplitter mischten. Er wusste nicht, wonach er suchte oder was ihm diese Sachen sagen sollten, deshalb wandte er sich um.

Es wurde allmählich dunkel. Er wusste, dass er nicht im Dunkeln hier draußen sein sollte.

Im Dunkeln würde er sich verlaufen.

Er fand, dass er versuchen sollte, den Hang zu erklimmen, auch wenn er sich nicht ganz sicher war, warum. Es war nur so ein Gefühl. Das genügte ihm.

Er folgte der Schneise aus gequetschtem Unterholz und blieb immer wieder an einem der wenigen jungen Bäume stehen, die der Pick-up hatte stehen lassen. Nach einer Weile verspürte er ein merkwürdiges Gefühl, ein Kribbeln, das in seinem Rückgrat aufstieg. Seine Mutter hatte immer gesagt, es bedeute, dass jemand über sein Grab ging. Oder war es sein Vater gewesen?

Sein Vater. Er lebte in einem Altenheim. Sein Name war Avery Allan Ludlow senior.

Als er auf seine Füße hinabschaute, sah er im Laub die Waffe liegen.

Es war, als hätte sie ihn gerufen.

Wie er selbst gehörte auch die Waffe nicht hierher. Er fand es falsch, sie hier draußen liegen zu lassen.

Bedächtig bückte er sich und hob sie auf. Er wischte die Blätter und den Schmutz ab und steckte sie umständlich in die Hosentasche. Als er sich wieder aufrichtete, durchzuckte ihn der Schmerz wie ein Blitzschlag.

Es war finster, als er die Böschung erklommen hatte. Der Mondschein beleuchtete die Bäume neben ihm. Hinter ihm lag der dichte schwarze Wald, aus dem er gekommen war. Er starrte auf die Straße und fragte sich, in welche Richtung er gehen sollte.

Da war etwas, was er tun musste, dachte er.

Er setzte sich an eine Birke, um zu überlegen. Die Waffe beulte seine Hosentasche aus. Plötzlich kamen ihm die Tränen. Er wusste nicht, warum.

Nach einer Weile schaute er auf und sah gegenüber auf der anderen Straßenseite im Gebüsch zwei funkelnde Augen. Sie wanderten hin und her, die Straße auf und ab, dann blieben sie an ihm hängen und starrten ihn an.

Im nächsten Moment sah er die Augen vorsichtig näher kommen. Sie bewegten sich lebhafter durch das bebende Gestrüpp.

Der Hund, der auf die Straße hinaustrat, war schon seit Langem nicht mehr richtig satt gewesen. Durch das räudige weiße Fell sah man seine Rippen und seine ausgemergelten Hinterläufe. Wahrscheinlich ein Farmhund mittleren Alters, eine Promenadenmischung mit einer guten Portion Beagle darin. Inzwischen fast schon wild geworden. Die Sorte Hund, die man bei jedem Wetter draußen ließ und die für sich selbst sorgen musste. Jetzt sah er, dass es ein Rüde war. Die großen Augen wirkten nicht feindselig, nur neugierig, weil Ludlow dort ganz allein saß.

»Na, komm«, flüsterte er.

Es klang sonderbar. Seine Stimme war ein heiseres Gurgeln, das er kaum wiedererkannte. Er schmeckte Blut im Mund und leckte sich über die aufgesprungenen Lippen.

Die Nase des Hundes kräuselte sich. Er witterte ihn und dabei hielt er den Kopf ganz tief.

»Ich tu dir nichts.«

Der Hund hob den Kopf, sah ihn an und bellte. Der Ton schallte klar und hell durch die Stille. Er bellte noch einmal, dann wurde er still. In seinem Blick lag keinerlei Hoffnung in diese Begegnung, weil vermutlich keine seiner Begegnungen mit einem Menschen je zu etwas geführt hatten. Er wandte sich ab und lief zu den Büschen zurück. Eine Weile sah man ihn noch im Gestrüpp, dann war der Hund verschwunden.

Ludlow saß da und lauschte der Stille, lauschte den Erinnerungsfetzen in seinem Inneren, die herumflatterten wie Buchseiten im Wind.

Als er aufstand, wusste er, in welche Richtung er gehen musste.

Er trat auf die Straße hinaus und schritt bergauf.

29

Der Himmel war voller Sterne. Mitten drin ein heller Halbmond. Ein Janus-Mond, dachte er. *Ein Halbmond ist ein Janus-Mond.*

Janus, der Gott der Tore, der Ein- und Ausgänge.

Nach ihm war ein Monat benannt.

Januar.

Januar, Februar, Juni oder Juli.

Scheine, oh, scheine, goldener Herbstmond.

Droben am Firmament.

Seltsam, woran er sich erinnerte.

Im Krieg hatte er eines Abends einen nordkoreanischen Scharfschützen von einem Baum heruntergeschossen – er oder Phil DeAngelo. Sie hatten es nie herausgefunden. In jener Nacht hatten sie gemeinsam Wache geschoben und gleichzeitig geschossen.

Am nächsten Morgen gingen sie los, um sich den Mann anzusehen.

Was sie entdeckten, verblüffte sie. Die Kugel hatte anscheinend das Gewehr getroffen, nicht den Heckenschützen selbst. Die Waffe wurde ihm aus den Händen gerissen, und er fiel hinterher. Er war auf das Gewehr gestürzt, das in dem Moment, als sie unten ankamen, nach oben zeigte. Der Lauf war vom Schaft abgebrochen und hatte sich durch seinen rechten Wadenmuskel und den linken Oberschenkel gebohrt. Es hatte den Mann aufgespießt wie einen Käfer auf dem Schaubrett eines Insektensammlers. Bei dem Sturz hatte er sich das Genick gebrochen, was ihn bewegungsunfähig machte. Aber auch das war nicht die Todesursache, sondern der Umstand, dass der Gewehrlauf die Oberschenkelarterie zerfetzt hatte. Durch den abgebrochenen Lauf war das Blut abgeflossen wie Regenwasser in eine Abflussrinne. Am Morgen war er schon seit Stunden tot.

Im ersten Jahr im Haus hatten sie Töpfe und Eimer auf den Boden gestellt, um den Regen aufzufangen. Dann hatte er das Dach repariert.

Das Blut unter dem nordkoreanischen Scharfschützen war eine klebrige schwarze Lache gewesen, die durch die Hitze zur Kruste geronnen war. Über ihm schwirrten aufgeblähte Fliegen.

Klebrig. Genau wie sein moosartiger Hinterkopf.

Vorsichtig strich er mit der Hand darüber.

Allies und Billys Kopf. Beide waren ganz leicht herausgeflutscht. Bei Tim hingegen hatte es nach einer Steißgeburt ausgesehen. Doktor Jaffe musste den Jungen mit der Hand in Marys Bauch umdrehen.

Sie hätten ihn fast verloren.

Er war bei allen drei Entbindungen dabei gewesen. Bei Tims Geburt war er fast ohnmächtig geworden.

Die Sommerhitze in Korea. Sie raubte einem fast die Besinnung. Man bekam keine Luft.

Vorhin im Wald hatte er wirklich die Besinnung verloren. Sie hatten ihn einfach liegen gelassen.

Seine Atmung erzeugte nur noch ein schwaches, leises Rasseln. Es war das einzige Geräusch abgesehen von seinen schlurfenden Schritten auf dem Asphalt und dem Rauschen des Windes in den Bäumen.

Er bemerkte Autoscheinwerfer, die hinter ihm auftauchten. Aus der Ferne sah er ihr trübes Licht und beobachtete, wie es nach und nach heller wurde. Aber er ging weiter, blieb nicht stehen. Als die Lichter schließlich über ihn hinwegspülten und den Hügel hinaufglitten wie die Schwingen eines großen weißen Vogels, bedeutete es nicht, dass eine Möglichkeit zu seiner Rettung vertan war, sondern dass er im Scheinwerferlicht den Waldrand erblickt hatte. Dort, wo das Weideland begann.

Er war näher herangekommen.

Ihm fiel auf, dass er schief ging.

Er driftete immer wieder nach links und musste deshalb alle sechs Schritte seine Laufrichtung nach rechts korrigieren. Er dachte an die vier Stufen zur Veranda im Altenheim seines Vaters, die für den alten Herrn so schwer zu erklimmen waren. Inzwischen musste man ihm hinauf- und hinunterhelfen. Er fragte sich, ob sein Vater glücklich war oder ob er, Ludlow, ein schlechtes Gewissen haben musste, weil er ihn dorthin verfrachtet hatte. Zumindest war es der ausdrückliche Wunsch seines Vaters gewesen. Ich werde dir und Mary nicht zur Last fallen, hatte der Alte gesagt. Ist schon schlimm genug, dass ich mir selbst zur Last falle.

An dem Tag, als sie seinen Vater ins Heim brachten, hatte Mary geweint. Red stand hinten auf der Ladefläche. Aber sie hatte den Hund vorn in der Fahrerkabine haben wollen. So lag während der Heimfahrt ihr Arm auf Reds Rücken, während der den Kopf aus dem Fenster hielt und sich den Fahrtwind ins Gesicht pusten ließ.

Jetzt ging Ludlow an einem Holzzaun entlang. Die andere Straßenseite säumten weiße Birken. Auf seiner Seite, gleich hinter dem Zaun, lag eine sanft ansteigende Weidefläche. Im Mondschein sah alles grau und pittoresk aus, wie ein idyllisches Schwarz-Weiß-Foto aus einer anderen, längst vergangenen Zeit.

Er ging weiter. Der Schmerz kam und verebbte. Immer wieder. Es war ihm egal. Er erinnerte ihn wenigstens daran, dass er am Leben war.

Da waren Gestalten auf der Weide.

Grasende Pferde. Sechs Stück.

Er fragte sich, warum man sie über Nacht nicht in den Stall gebracht hatte. Ob sich die Pferde dieselbe Frage stellten? Er blieb stehen, lehnte sich an den

Zaun und beschloss, eine Pause einzulegen. Er beobachtete, wie die Pferde ab und zu ein Stück weitergingen und den Kopf senkten, um das Gras zu ihren Hufen abzufressen. Er hörte, wie sie es mit den Zähnen ausrissen und zermalmten, nachdem es sich nur widerwillig aus der Erde gelöst hatte. Ihre Farbe, ob schwarz oder braun, konnte er im Mondschein nicht bestimmen, doch eines der Pferde war gescheckt. Während sie fraßen, schnaubten sie zufrieden.

Als er ein Junge von sechs oder sieben Jahren war, gehörte seinem Onkel John Fry eine Milchfarm. Es gab auch zwei Pferde. Ludlow war noch nie geritten. Fry befand, dass es höchste Zeit wäre, dies zu ändern. Er sattelte die große braune Stute und hob ihn in den Sattel. Ludlow beschwerte sich, weil er die Steigbügel nicht erreichte, aber Fry meinte: Das spielt keine Rolle, Junge, ihr macht doch bloß einen kleinen Spaziergang.

Fry war ein großer Mann, der gern mit anderen Leuten Schabernack trieb. Was er an diesem Tag tat, war typisch für ihn.

Ludlow erinnerte sich, wie sehr er es – zu seiner Überraschung – genossen hatte, sich plötzlich auf dem Rücken dieses riesigen Pferdes zu befinden. Ihm gefiel die schiere Größe und der Moschusduft an seiner Hand, nachdem er die Stute getätschelt hatte oder ihr durch die Nackenhaare gefahren war. Das Gefühl der gewaltigen Muskelkraft unter sich, die augenblicklich seine eigene wurde, ein neu entdeckter

Teil von ihm. Er erinnerte sich, wie er auf der Stute saß und über den Hof zu den Feldern hinausblickte, in der Hoffnung, dass es dort hinausgehen würde. Dass sein Onkel sie aufs Feld führen und ihn ein bisschen reiten lassen würde.

Stattdessen versetzte sein Onkel dem Pferd mit seiner großen schwieligen Hand einen kräftigen Schlag aufs Hinterteil und stieß einen lauten Schrei aus.

Die Stute preschte los. Ludlow flog herunter und landete im Staub. Sein Onkel schlug sich vor Lachen auf die Schenkel. Ludlows Mutter stürmte aus dem Haus und nannte seinen Onkel einen hirnkranken Hurensohn von einem Farmer. Danach sprachen die beiden monatelang nicht miteinander.

Der Stute hatte Ludlow keine Schuld gegeben, nur dem Menschen.

Als er älter war, ritt er immer wieder auf ihr.

Er riss etwas Gras aus und hielt es den Pferden hin.

Das gescheckte Tier sah ihn an. Es zögerte einen Moment, dann kam es zu ihm.

Die langen Greiflippen nahmen das Gras. Die Stute erlaubte ihm, dass er ihren Schopf, ihre Wange und die kühle fleischige Nase berührte. Sie senkte den Kopf und ließ ihn mit der Hand ihre Nüstern umgreifen. Sie öffneten und schlossen sich, ein volles, tief tönendes Murmeln warmen Atems.

Dann hob sie plötzlich den Kopf und schüttelte ihn irritiert. Ihre Mähne war ein Fächer aus fliegenden dunklen Funken. Die weit aufgerissenen Augen starrten ihn wild an.

Sie wich zurück, wandte sich um und kehrte zu ihren Artgenossen zurück. Aber sie schielte weiterhin vorsichtig zu ihm herüber und hatte offensichtlich das Interesse am Gras vor ihrer Nase verloren.

Sie hatte etwas gewittert, dachte er.

Etwas, das verletzt ist oder stirbt.

War ich das?

Ein Mensch, *aber kein ganzer Mensch mehr.* Irgendetwas musste ihm abhandengekommen sein.

Er dachte an den Hund an der Straße und hatte das Gefühl, dass die Tierwelt plötzlich vor ihm auf der Hut war. Als hätten seine offenen Wunden ihn den Tieren ähnlicher gemacht. Der Hund und das Pferd hatten das irgendwie gemerkt, hatten gespürt, dass er nun genauso verwundbar durch die Menschen war wie sie selbst.

Er stieß sich vom Zaun ab und ging weiter.

Als er schließlich die unbefestigte Straße und das zweite Waldstück erreichte, war der Mond hinter einer Wolkenbank verschwunden. Auch die Sterne verbargen sich fast vollständig dahinter. Er ging in der Mitte der Straße, um nicht über irgendetwas zu stolpern. Aber er war sich nie ganz sicher, ob er sich wirklich in der Straßenmitte oder wenigstens in ihrer Nähe befand, während er sich mit ausgestreckten Armen vorantastete. Unsicher, was ihm in dieser allumfassenden Dunkelheit begegnen würde.

Als er zwölf war, hatten er und ein Freund in den Klippen am Meer eine Höhle entdeckt. Sie waren hinaufgeklettert, während unter ihnen die Wellen auf die Felsen krachten. Die Sonne schien in die Höhle hinein, und sie sahen, dass Tiere und Menschen dort gehaust hatten. Der Boden war übersät mit abgenagten Vogel- und Wildknochen, Muschelschalen und Überresten von Krabben. An der Decke konnten sie sehen, wo der Rauch zahlloser Feuer den Fels mit Ruß bedeckt hatte.

Dann sahen sie, dass sich rechts von ihnen eine zweite Höhle an die erste anschloss.

Sie hatten keine Taschenlampe bei sich. Sie trugen Badehosen und hatten sich die Handtücher über die Schultern geschlungen. Sie standen am Eingang zur zweiten Höhle und versuchten, etwas zu erkennen. Sie starrten in einen Raum, in den noch niemals Tageslicht gedrungen war, seit die Höhle durch eine Verschiebung der Erdkruste entstanden war. Sie hielten die Arme ins Dunkel, und mit einem Mal waren ihre Arme verschwunden. Sosehr sie sich auch bemühten, sie sahen ihre Hände nicht mehr. Sie sahen weder den Boden noch die Decke oder die Höhlenwände an den Seiten.

Nur tiefe Dunkelheit, so düster, dass sie fast das Auge betäubte.

Ludlow fürchtete sich so sehr, wie er sich noch nie im Leben vor etwas gefürchtet hatte. Ihm schien, dass die Dunkelheit eine Warnung war, nicht weiterzugehen. Vielleicht barg sie die Seele eines finsteren Gottes oder Geistes, wen interessierte das schon? Und doch tat er den ersten Schritt. Es war eine Mutprobe, die er sich selbst stellte, ein den Göttern und Geistern hingeworfener Fehdehandschuh. Er erinnerte sich, wie er mit dem nackten Fuß nach dem Boden tastete und ihn zu seiner Überraschung auch fand – anstatt eines gähnenden Abgrunds. Dann machte er den zweiten Schritt und war für seinen Freund augenblicklich und vollständig verschwunden. Als hätte er sich in Nichts aufgelöst.

Einen Moment lang blieb er reglos stehen und hoffte, seine Augen würden sich an die Dunkelheit gewöhnen.

Sie taten es nicht.

In der Höhle herrschte absolute Stille.

Er ging einen Schritt weiter und hörte, wie sich in der Dunkelheit etwas regte, irgendwo an der hinteren Wand, vielleicht fünf Meter von ihm entfernt. Etwas, das, wie er instinktiv spürte, groß war, größer als er. Er spürte, wie das blanke Entsetzen ihn packte, schrie auf und rannte in die äußere Höhle zurück. Dort sah er, dass sein Freund schon halb hinausgeklettert war. Er stürmte hinter ihm her und kraxelte hastig die steilen Klippen hinab, als würden Dämonenklauen nach seinen Fußknöcheln greifen und versuchen ihn zurückzuzerren.

Als er später mit seinem Freund darüber sprach, kamen sie überein, dass in der Höhle ein Mensch gehaust haben musste.

Nur ein Mensch.

Kein Wolf oder Bär oder wilder Hund. Denn ein Tier hätten sie wahrscheinlich gerochen, bevor sie es hör-

ten. Und in der Höhle hatte es keinen solchen Geruch gegeben. Er versuchte sich das Geräusch zu vergegenwärtigen, das er vernommen hatte. Er glaubte, dass es der Klang von über den Felsboden schleifender Kleidung gewesen war.

Er nahm an, dass es ein Mensch war. Dass das Ganze vermutlich längst nicht so gefährlich gewesen war, wie er es sich eingebildet hatte.

Aber sicher war er sich dabei nicht. Nun stellte er sich vor, wie der Mann lautlos dagestanden und sie beobachtet hatte. Wie er sie im hellen Höhleneingang stehen sah, während sie praktisch blind waren und ihn in der Dunkelheit nicht ausmachten. Er fragte sich, was für ein Mann es wohl gewesen sein mochte? Er dachte an die Knochen auf dem Boden und an den Feuergeruch. Was die Gefahr der Situation betraf, hatte er sich wohl getäuscht.

Nie wieder hatte er solche Angst wie an jenem Nachmittag in der Felshöhle. Nicht einmal in Korea unter heftigstem Beschuss, inmitten der Toten und derer, die bald tot sein würden. Es war, als wäre er sich schon als kleiner Junge seiner Sterblichkeit bewusst geworden, als hätte er an jenem Nachmittag dem Tod ins Auge geblickt.

Der Tod war die bewohnte Dunkelheit.

Verglichen mit damals lief er jetzt durch hellen Sonnenschein. Unter einem hinter Wolken verborgenen Mond.

Wenigstens konnte er die Hände vor Augen sehen.

Der Mond war ein Janus-Mond.

Janus. Gott der Tore, der Ein- und Ausgänge.

Wir gehen hindurch.

Er sah, was er real noch nie gesehen hatte, was er sich bisher immer nur dunkel und unter Schmerzen vorgestellt hatte: Mary an der Haustür, sie stürzte nach draußen, umhüllt von Flammen wie schimmernde blaugelbe Wellen, in denen sie ertrank. Er sah, wie sie sich im Gras wälzte, roch den Rauch und ihr brennendes Fleisch, sah, wie sie wieder auf die Beine kam, ins Haus zurücktaumelte, ein letztes Mal in vergeblicher Hoffnung, instinktiv, aus Liebe zu ihrem Jüngsten.

Es war so ungerecht, Mary, dachte er. *Gott, es war so ungerecht.*

Er ging weiter.

Es war kühler geworden. Er spürte den Wind im Gesicht.

Der Schmerz durchfuhr ihn wie eine Messerklinge, die durch weiche Butter schneidet.

Nach einer Weile kam wieder der Mond heraus.

Ludlow merkte, dass er kein Zeitgefühl mehr hatte. Die Wolken mochten den Mond für einige Minuten verborgen haben, vielleicht auch für einige Stunden. Er wusste es nicht mehr.

Er spürte, wie die schwere Waffe in seiner Hosentasche hin- und herschlenkerte, griff hinab und tastete durch den Stoff ihre Form ab. Er wusste, wie die Waffe dort hingelangt war. Sie hatte ihn im Wald zu sich gerufen. Er hatte sich gebückt und sie aufgehoben.

In der Ferne erblickte er das fahle mattweiße Haus oben auf dem Hügel. So wie es dort stand, sah es aus wie eine Kirche ohne Kirchturm. Aber er wusste, dass es keine Kirche war, sondern ein Ort, der ihm beinahe den Tod gebracht hätte und zu dem auch er selbst in seinen Armen den Tod getragen hatte.

Die bewohnte Dunkelheit.

Er ging auf das Haus zu.

Seine Füße schlurften über den staubigen Boden. Er lauschte den Geräuschen, die er in der Welt verursachte. Jetzt wusste er, warum er hergekommen war.

30

Er sah den Jungen im Dunkeln auf den Verandastufen sitzen. Er rauchte eine Zigarette. Als er daran zog, konnte Ludlow im Schein der Glut das Gesicht erkennen. Einen Moment lang, in dem ihm fast das Herz stehen blieb, glaubte er, es wäre sein Sohn Tim. Tim als Jugendlicher. Aber es war nur Harold, der Junge, der gesagt hatte, dass es ihm leidtäte und der seinen Bruder wegen der Angelköder belogen hatte.

Der Junge bemerkte ihn, stand abrupt auf und trat die Zigarette aus. Er schaute sich ängstlich um und beobachtete Ludlow, während dieser auf ihn zukam. Er schaute sich erneut um. Dann schien er eine Entscheidung zu treffen und kam Ludlow entgegen.

»Mein Gott«, flüsterte er. »Was zum Teufel tun Sie hier?«

»Ich möchte meinen Hund abholen.«

»*Was* möchten Sie?«

»Meinen Hund abholen.«

»Oh, Gott.«

»Ich habe ihn hier liegen gelassen. Auf der Veranda.«

»Die bringen Sie um, wenn sie Sie finden. Gott, die dachten, sie *hätten* Sie längst umgebracht!«

»Ich möchte nur den Hund holen. Das ist alles. Ich bat deine Mutter, ihn für mich zuzudecken.«

»Herrgott noch mal, Mister, er liegt nicht mehr auf der *Veranda*.«

»Nein?«

»Hätten wir ihn etwa dort liegen lassen sollen?«

»Warum nicht?«

»Wir haben ihn hinterm Haus in den Wald geworfen.«

»Das habt ihr getan?«

Er spürte, wie die Wut ihm die Brust abschnürte. Die hatten seinen Hund in den Wald geworfen. Tiere würden über ihn herfallen. Seine Knochen abnagen. Den Tieren war es gleich.

Er spürte, wie ihm schwindlig wurde.

»Er ist ein *Beweis*, verdammt noch mal. Verstehen Sie nicht? Der Hund beweist, was die Ihnen angetan haben. Verdammt, die Polizei war schon hier oben, Mr. Bridgewater und ein anderer Typ. Sie haben Fragen gestellt nach letzter Nacht. Der Hund beweist, dass *Sie auch hier waren*. Mister Ludlow, bitte, Sie müssen sofort gehen.«

Der Junge knetete seine Finger und schaute immer wieder nervös zum Haus zurück, zur Tür und zu den Fenstern.

»Führ mich hin.«

»Sehen Sie sich doch an. Sie sind schwer verletzt. Sie wissen nicht, was ...«

»Führ mich zu der Stelle, wo ihr ihn hingeworfen habt.«

»Oh, mein Gott. Mein *Gott*.«

Er packte den Jungen am Arm und sah ihm in die Augen.

»Um den lieben Gott brauchst du dir keine Sorgen zu machen. Führ mich einfach hin.«

Der Junge sah ihn unsicher an.

»Und danach verschwinden Sie?«

»Ganz recht.«

Harold blickte zur Haustür und wieder zu Ludlow.

»Dafür werden die mich umbringen.«

Ludlow wartete.

»In Ordnung. Aber seien Sie ganz leise, okay? Bitte.«

»Gewiss. Ich bin ganz leise.«

Noch immer zögerte der Junge. Ludlow ließ seinen Arm los und sah Harold scharf an.

»Mannomann. In Ordnung. Kommen Sie.«

Im Mondschein überquerten sie den weitläufigen Rasen. Als er endete, begann ein schmaler Trampelpfad, der an zwei jungen Buchen- und Ahornbeständen entlangführte, bevor es in den eigentlichen Wald hineinging.

»Hoffentlich finde ich die Stelle noch«, sagte der Junge.

»Es fällt dir schon ein.«

Der Pfad führte nach Norden in dichteren Wald. Das Licht wurde schwächer. Sie kamen jetzt langsamer voran. Ludlow roch Kiefern, feuchtes Hartholzlaub und frische kühlende Erde. Es wäre gar keine schlechte Ruhestätte für Red, dachte er, wenn da nicht die McCormacks wären, die ihn hier weggeworfen hatten wie einen Müllsack.

Die Erinnerung kam in hellen elektrischen Blitzen zurück.

Der Pick-up, der sich wieder und wieder überschlug.

Der Ast in Dannys Händen, der auf ihn zugesaust kam, als er die Augen aufschlug.

Die Schrotflinte am Fluss. Der Kopf des Hundes, der plötzlich verschwunden war.

Carrie Donnel, die nackt aus dem Bett stieg.

Die Lebenden und die Toten.

»Harold!«

Es war McCormack. Er rief von der Veranda aus.

Vor ihm erstarrte der Junge.

»*Hey, Harold!* Wo zum Teufel steckst du?«

»Geh weiter«, flüsterte Ludlow. »Immer weiter.«

»Wir können nicht ...«

»Doch, wir können. Sei einfach still.«

Der Pfad wurde schmaler, führte zwischen zwei kräftigen Kiefern in eine Biegung. Dornbüsche krallten sich in Ludlows Hosenbeine. Kurz darauf öffnete sich der Pfad zu einer kleinen mondbeschienenen Lichtung, die mit hohem Gras bewachsen war. Sie gingen noch einige Schritte, dann blieb Harold stehen.

»Irgendwo hier war es.«

»Wo?«

»Ich weiß nicht, irgendwo da links vielleicht. Scheiße! Ich wünschte, wir hätten eine Taschenlampe.«

»Okay. Du sollst eine haben. Bitte schön«, sagte McCormack.

Ludlow blinzelte in den Lichtstrahl.

»Ich habe mir gesagt: auf keinen Fall. Das kann nicht sein. Der Kerl ist tot. Und da stehen Sie. Einfach so. Sie geben wohl nie auf, alter Mann? Sie sind unglaublich. Was zum Teufel tun Sie hier?«

»Meinen Hund holen.«

»Ihren Hund?«

»Ja.«

Er lachte. »Sie sind zurückgekommen, um Ihren *Hund zu holen*?«

»Ganz recht.«

Der Lichtkegel bewegte sich von ihm fort und fiel ein Stück hinter ihm auf ein Gebüsch. Ludlow beließ den Blick auf McCormack gerichtet. Er sah die .44er in dessen Hand und registrierte, dass Danny ein Gewehr hatte. Pete Daoust schien keine Waffe zu haben. Er dachte an die .38er in seiner Hosentasche und fragte sich, ob sie sich unter dem Stoff abzeichnete, ob die McCormacks irgendwie wissen konnten, dass er den Revolver bei sich trug.

Er sah, wie Pete Daoust unruhig von einem Bein aufs andere trat, und fragte sich, ob der dicke Junge sich wünschte, auch eine Waffe dabeizuhaben. Vielleicht ja auch nicht. Vielleicht hatte er sich sein Schießeisen hinten in den Hosenbund gesteckt.

»Da ist Ihr verdammter Hund«, sagte McCormack.

Ludlow wandte sich um und blickte auf die Stelle im Licht. Der Kadaver lag auf einem flachen Felsen neben einer Buche. Er war noch immer in die Decke gehüllt. Ludlow nahm an, dass die Frau ihn so eingepackt hatte.

»Morgen wollten wir den verdammten Köter vergraben. Jetzt müssen wir mit Ihnen wohl das Gleiche tun. Sie sind eine richtige Plage, Ludlow. Sie wollen den Hund? Sie sollen ihn haben. Bis in alle Ewigkeit. Sie bescheuerter Scheißkerl.«

»Dad ...«

Der Lichtstrahl wanderte zu Harold.

»Junge, komm endlich rüber, du verdammter Trottel. Was zum Teufel ist in dich gefahren? Warum hast du mich nicht gerufen, als der Kerl aufgetaucht ist?«

Ängstlich verlagerte Harold sein Gewicht auf das andere Bein, gehorchte seinem Vater aber nicht. Er blieb hinter Ludlow stehen. Der fragte sich, warum der Junge sich so verhielt. Er fand, dass Harold ziemlich gute Nerven hatte, sich ausgerechnet jetzt auf seine Seite zu schlagen.

»Dad, komm schon. *Reicht* das nicht? Können wir die Sache nicht endlich beenden? Wir können doch sagen, dass Ludlow hergekommen und danach noch einmal zurückgekehrt wäre und wir ...«

»Ja, was, hä? *Dass wir ihn von der Straße abgedrängt und anschließend versucht haben, ihm den Schädel einzuschlagen?* Du hast genauso wenig Verstand wie er.«

»Dad hat recht«, sagte Danny. »Wir haben uns lange genug mit dem Drecksack rumgeärgert. Jetzt ist Schluss.«

In diesem Moment schwenkte der Lichtstrahl von Harold zu Ludlow. Der alte Mann ließ sich auf die Knie fallen und drehte sich zur Seite, um ein kleineres Ziel abzugeben. Dann zog er die Waffe. Der Lichtstrahl glitt über ihn hinweg, schwenkte dann zu ihm zurück. Ludlow feuerte zweimal in das Licht hinein. Der zweite Schuss zerschmetterte die Taschenlampe, während ihm etwas gegen die linke Seite prallte und ihn umriss. Er rollte über den Boden, und plötzlich kamen die Schüsse von allen Seiten, McCormacks brüllende Magnum und Gewehrfeuer. Nahezu blind durch die plötzliche Dunkelheit, schoss Ludlow erneut auf die sich schemenhaft abzeichnenden Gestalten und das Aufblitzen in den Mündungen. Dann feuerte er ein viertes Mal, hörte jemanden aufschreien und sah ihn auf die Knie sinken. Ludlow wälzte sich über den Boden und stieß gegen etwas Weiches, Feuchtes, das nach Blut roch.

Harolds von einer Kugel zerfetzter, stark blutender Brustkorb. Ludlow lag direkt daneben, mit der Wange an der zitternden Brust des Jungen.

Stille trat ein. Und in der Stille ein Stöhnen. Neben sich hörte er Harold schluchzen.

Es roch nach Schießpulver, das dick und schwer in der stillen Waldluft hing.

Er schaute sich um.

Keiner stand mehr auf den Beinen. Nicht ein Einziger.

Es dauerte eine Weile, bis seine Augen sich an die Dunkelheit gewöhnt hatten. Dann sah er, dass einige Meter vor ihm entfernt drei Gestalten am Boden lagen. Zwei davon bewegten sich.

Die dritte Gestalt lag reglos da.

Das Stöhnen ging weiter. Er konnte nicht erkennen, wessen Stimme es war. Sein rasselnder Atem schepperte laut in seinen Ohren.

Neben ihm schluchzte der Junge erneut, dann seufzte er. Noch einmal hob sich sein Brustkorb, sank wieder herab. Schließlich bewegte er sich nicht mehr.

Ludlow stützte sich auf einen Ellbogen. Vor ihm versuchte jemand, auf die Beine zu kommen. Er beschloss, schneller zu sein als der andere.

Als er auf die Knie kam, spürte er oberhalb der linken Hüfte plötzlich einen stechenden Schmerz. Ihm wurde heiß. Er war schweißüberströmt. *Nein,* dachte er. *Du wirst jetzt nicht ohnmächtig. Nicht jetzt.*

Er tastete nach der Wunde und fand das Einschussloch, das klein war und kaum blutete. Die Austrittswunde am unteren Rücken war eine andere Geschichte. Sie war fleischig und roh. Er konnte einen Teil eines Rippenknochens fühlen, der wie ein abgebrochener Zahn aus ihm herausragte.

Er stützte sich mit einer Hand am Boden ab, zog erst den einen, dann den anderen Fuß unter sich und schaffte es schließlich unter größter Anstrengung, die Knie durchzudrücken. In seinem Kopf drehte sich alles.

Seine linke Körperhälfte war ein einziges Schlachtfeld, dachte er. Der Schädel eingeschlagen, die Rippen gebrochen.

Er taumelte zu der Stelle, wo die anderen lagen.

Derjenige, der aufstehen wollte, war Danny. Er lag auf dem Rücken und versuchte sich auf einen Ellbogen zu stützen, wie zuvor Ludlow. Er blickte auf den Jungen herab, sah die Schusswunde und, dass das Gewehr außerhalb seiner Reichweite lag. Er schaute dem Jungen in die Augen. Alle Härte war aus ihnen gewichen. Ludlow sah nur Angst und Schmerz in Dannys Blick.

»Du hast einen Bauchschuss, Junge. Bleib liegen. Beweg dich nicht. Ich schicke jemanden her.«

Das schien den Jungen irgendwie zu beruhigen, obwohl Ludlow sich nicht vorstellen konnte, warum das bloße Versprechen, Hilfe zu holen, dies bewirken sollte. Ludlow konnte ihn seinem Schicksal überlassen. Er hätte jedes Recht dazu gehabt. Das wusste der Junge auch. Vielleicht besaß Danny einfach nicht mehr die Kraft, diese erdrückende Last aus übersteigerter Männlichkeit und fehlgeleitetem Ehrbegriff mit sich herumzuschleppen. Vielleicht tat es ihm gut, sein Schicksal in die Hände eines anderen zu legen. Selbst wenn diese Person Ludlow war. Selbst auf die Gefahr hin, dass der ihn im Stich ließ.

Als er das Gesicht des Vaters sah, wusste er, dass McCormack nur noch wenige Augenblicke lang die Erde schänden würde, auf der er lag. Ludlow betrachtete ihn. Soweit er erkennen konnte, hatte er den Mann zweimal getroffen: einmal in den Brustkorb unterhalb der Schulter und einmal in der Nähe der Lunge. Er lag halb auf der Seite, das Gesicht nach oben gewandt und den Arm mit der Waffe zur Seite auf Pete Daoust gerichtet. Der Junge lag neben ihm auf dem Bauch und hatte alle viere von sich gestreckt.

Pete Daoust fehlte der halbe Kopf.

Hirnmasse schimmerte im Mondschein, lief ihm in den Nacken und sammelte sich am Kragen.

Das konnte nicht Ludlow mit seiner .38er gewesen sein.

McCormack hatte wild um sich geschossen, selbst nachdem er zu Boden gegangen war.

Der Junge hatte im Weg gestanden.

Ludlow sah, dass er recht gehabt hatte: Pete war unbewaffnet gewesen.

McCormacks Augenlider flatterten.

Ludlow trat ihm die Magnum aus der Hand, nur für alle Fälle. Man konnte nie sagen, wie viel Leben noch in einem Menschen oder in einer Schlange steckte. Die Waffe flog den Pfad hinunter. Er bückte sich und drehte McCormacks Kopf zur Seite, in die Richtung von Pete Daoust.

»Sehen Sie, was Sie getan haben?«, fragte er.

Er ließ den Mann sein Werk betrachten, sah ihn blinzeln und glaubte, in seinem Blick zu erkennen, dass er wahrnahm, was passiert war.

»Und irgendjemand, entweder Sie oder Danny, hat auch Ihren Sohn Harold erschossen. Aber ich glaube nicht, dass es eine Rolle spielt, wer von Ihnen beiden es war, oder?«

McCormacks Blick heftete sich flackernd auf ihn.

»Da haben Sie sich einen wirklich netten Tag gemacht.«

Er richtete sich auf, schleuderte die .38er ins Unterholz und humpelte langsam den Weg zurück, den er gekommen war. Als er an Harold vorbeikam, beugte er sich zu dem Jungen hinab und schloss ihm die Augen. Er hatte ihn für weniger schlimm als die anderen gehalten und fand, dass sein Tod eine Schande war. Wahrscheinlich hätte Harold sich früher oder später von seinem Vater und Bruder losgesagt, dachte Ludlow, und hätte sein eigenes Leben geführt. Auch Pete Daoust hatte dieses Ende nicht verdient. Trotz seines Schandmauls und seiner großspurigen Art.

Aber Waffen machten eben keine Unterschiede zwischen den Menschen.

Er ging hinüber zu den Büschen. Kurz darauf fand er, wonach er suchte.

Er bückte sich und schob die Arme unter den Hund.

Er fühlte sich sehr schwach und hoffte, dass noch genügend Energie in ihm steckte, damit er sich nicht verlief und irgendwo im Wald zusammenbrach. Er musste bis zum Haus durchhalten und der Mutter Bescheid sagen, dass ihr verletzter Sohn hier lag.

Er hob den Hund vom Felsen auf. Einen Moment lang verspürte er eine eigentümliche Klarheit in seinen Gedanken und Empfindungen. Eine Klarheit, die ihn genauso plötzlich überkam wie der Phantomschmerz, der ihn auf dem Weg hierher immer wieder befallen hatte. Da wusste er, was sich erst viele Tage und Wochen später bestätigen würde: dass in seinem Inneren etwas geschah, was er nicht vorhergesehen hatte. Dass er und der Hund jetzt in gewisser Weise eins waren, dass sie denselben Geist besaßen, einen Geist, der zugleich lebendig, aber nicht nur lebendig, und tot war, aber nicht nur tot. Sie waren beide Teil eines ewigwährenden Prozesses, der unbarmherzig und unabänderlich war, der jenseits aller Zivilisation, allen Wissens über das Leben und des menschlichen Verstandes lag. Er wusste, dieser Erkenntnis konnte er nur mit Güte beikommen, und damit war er zufrieden.

Auf einmal stand die Frau auf der Lichtung.

Er sah sie und sank auf die Knie. Alle Kraft war ihm entwichen.

Die Lichtung verschwamm vor seinem Blick. Seine Arme fühlten sich kalt und hohl an. Er schloss die Augen. Ihm schien, als ob er von einer der alten Eichen aus, die sie umgaben, auf sich selbst herabblickte: wie er im Mondschein dort kniete, einer Frau zugewandt, die früher schön gewesen war, ihn nun aber nur entsetzt und gequält anstarrte, während er ihr den Hund auf seinen Armen darbot wie eine Opfergabe, als sei die Frau die Mutter der Erde und des hohen Grases, in dem er kniete. Die traurige, gebrochene Mutter der Schöpfung.

»Hilf mir«, sagte er.

TEIL VIER

GENERATIONEN

31

Am Tag seiner Entlassung aus dem Krankenhaus wartete seine Tochter mit einem Rollstuhl auf ihn. Er hatte keine Lust, sich durch die Gegend schieben zu lassen. Zehn Tage unbeweglich auf dem Rücken zu liegen war genug, aber Allie bestand darauf. Ludlow gab nach. Das zumindest war er ihr schuldig. Sie war extra aus Boston hergeflogen, um vom Morgen seiner Einlieferung an jeden Tag stundenlang an seinem Krankenbett zu sitzen, Kreuzworträtsel zu lösen und mit ihm zu reden.

Das einzig Gute, das bei der Sache herausgekommen war, war der Umstand, dass er seine Tochter jetzt neu kennenlernte.

Sie schob ihn hinaus in die helle Nachmittagssonne. Auf halbem Weg zum Wagen sagte sie, sie müsse ihm etwas beichten. Sie hätte ihm etwas vorenthalten.

»Wie meinst du das, du hast mir etwas vorenthalten?«

»Ich bin schwanger, Dad.«

»Wirklich?«

»Mhm. Im zweiten Monat. Du wirst Großvater.«

Ludlow musste sich zusammenreißen, um nicht vor Freude aus dem Rollstuhl zu springen.

»Das ist ja wundervoll, Allie!«

»Das finden wir auch.«

»Schwanger. Verdammt, da sollte *ich* eigentlich *dich* schieben.«

Sie lachte.

»Wirklich, Allie: Das ist wundervoll.«

Er griff hinter sich und tätschelte ihre Hand.

»Ich habe extra bis zu deiner Entlassung damit gewartet. Ich wollte es dir nicht im Krankenhaus erzählen. Es sollte etwas Besonderes sein. Du solltest es im Sonnenschein erfahren.«

»Du hast recht. Es *ist* etwas ganz Besonderes. Wisst ihr schon, ob es ein Junge oder ein Mädchen wird?«

»Wir wollen es gar nicht wissen. Es ist uns egal. Hauptsache, das Baby ist gesund.«

»Ich freue mich so für euch, wirklich. Ich wünschte, deine Mutter könnte das noch erleben.«

»Ich auch.«

In den letzten Tagen, nachdem er sich von der schweren Gehirnerschütterung erholt hatte und die stärksten Schmerzmittel abgesetzt worden waren, hatten sie viel von Mary gesprochen. Wie sie sich kennengelernt hatten, wie er sie umworben und schließlich geheiratet hatte. Die Gespräche vertrieben ihnen die Zeit und brachten sie einander näher. Sie redeten über Allies und Tims Kindheit.

Sie sprachen sogar über die Morde.

Das hatten sie noch nie getan.

Ihm gefiel, dass sie Billy mit keinem einzigen Wort erwähnte. Vielleicht waren sie dem endlich entwachsen.

Eines Nachmittags hatte sie seinen Vater aus Pinewood heraufgeholt, damit der ihn im Krankenhaus besuchen konnte. Der alte Herr wollte genau wissen, was sich in jener Nacht zugetragen hatte, und lauschte, ohne ihn ein einziges Mal zu unterbrechen. Als der Bericht endete, sagte er: *Das hast du gut gemacht, Junge. Ich wusste gar nicht, dass du so ein zäher Bursche sein kannst.*

Sie blieb noch drei Tage bei ihm im Haus, bis sie überzeugt war, dass Ludlow trotz der Klammern und Metallstäbe, die eine seiner Rippen zusammenhielten, sich wieder selbst versorgen konnte. Er hatte sie gedrängt, zu ihrem Mann zurückzukehren. Er spürte, dass sie gerne abreiste, ihn aber nur widerwillig allein ließ. Mit dem Mietwagen, den er fuhr, bis der Pick-up ersetzt worden war, brachte er Allie zum Flughafen. Am Flugsteig umarmten sie sich. Ludlow dachte, dass ihr Haar denselben Duft verströmte wie das von Mary.

Am Abend rief er im Krankenhaus an und erkundigte sich nach Danny McCormacks Befinden. Die diensthabende Krankenschwester teilte ihm mit, der

Junge schwebe nicht mehr in Lebensgefahr. Sam Berry hatte ihm Bescheid gesagt, dass man Danny wegen versuchten Mordes und Angriffs mit einer Schusswaffe anklagen würde. Sam meinte, er – Ludlow – würde gegen den Jungen aussagen müssen.

Ludlow hatte nichts dagegen einzuwenden.

Dannys Mutter hingegen tat ihm aufrichtig leid. Die Frau hatte alles verloren. Er kannte ihre Geschichte nicht, wusste nicht, wie es zu alledem gekommen war, aber er bezweifelte, dass sie irgendeine Schuld traf. Einmal davon abgesehen, dass sie den falschen Mann geheiratet hatte. Sie hatte einen Sohn großgezogen, aus dem vermutlich ein anständiger Mensch geworden wäre.

Sie hatte ihm geholfen. Ihm wahrscheinlich das Leben gerettet.

Und sie hatte Red zugedeckt.

Er hoffte, dass das Dienstmädchen mit der verkrüppelten Hand bei ihr bleiben würde.

In den nächsten Wochen hatte er alle Hände voll damit zu tun, sich einen neuen Pick-up zu kaufen, mit der Baufirma die Einzelheiten für den Wiederaufbau seines Ladens zu klären und mit seinen Zulieferern neue Verträge abzuschließen. Diesmal würden er und Bill Prine den Laden als gleichberechtigte Geschäftspartner führen. Denn nach allem, was die Ärzte Ludlow eröffnet hatten, brauchte er künftig einen jüngeren Mann als Teilhaber. Außerdem hatte Bill es verdient. Es galt also, mit Anwälten zu reden, die Papiere durchzusehen und das Ganze schriftlich zu fixieren. Dreimal in der Woche musste er wegen seiner gebrochenen Rippe zur Behandlung.

An einem kühlen Abend in der ersten Septemberwoche hörte er gleich nach dem Essen ein Klopfen an der Haustür. Als er öffnete, stand Carrie Donnel in verblichenen Jeans und einem engen grünen Pullover vor ihm, in jeder Hand eine Flasche Moët Chandon.

»Miss Donnel«, sagte er lächelnd.

Sie lächelte. »Schon vergessen? Ich heiße Carrie.«

»Komm doch rein.«

»Danke.«

Sie ging an ihm vorbei, als sei sie hier zu Hause, so wie sie es immer getan hatte, stellte eine Flasche auf den Tisch und die andere in den Kühlschrank.

»Du siehst gut aus«, sagte sie.

»Du auch.«

»Wie hat dir der Fernsehbericht über dich gefallen?«

»Der Bericht? Carrie, das war vor mehr als einem Monat. Ich dachte schon, du würdest mich nie danach fragen.«

»Tut mir leid. Bei uns war die Hölle los. Sie haben Personal abgebaut. Ich wusste nicht mal, ob du es überhaupt gesehen hast. Du warst ja noch im Krankenhaus. Ich hatte keine Ahnung, ob du in der Lage warst, fernzusehen.«

Sie zog einen Stuhl heran und setzte sich an den Küchentisch.

»Wie ich hörte, war deine Tochter hier.«

»Ich wurde sie gar nicht mehr los.«

»Schön. Das ist schön, Av.«

Er nahm ihr gegenüber Platz.

»Aber du hast es doch gesehen, oder?«

Er nickte.

»Und? Wie fandest du's?«

»Du warst gut. Du warst fair. Du hast mich nicht als Helden dargestellt. Ich weiß nicht, ob ich mich überhaupt noch aus dem Haus getraut hätte, wenn du das getan hättest. Aber du hast mich auch nicht als Wahnsinnigen dargestellt. Nein, du hast gute Arbeit geleistet, Carrie. So, wie ich es von dir erwartet habe. Wirst du über den Prozess des Jungen berichten?«

Als sie ihn ansah, lag Bedauern in ihrem Blick. Da ahnte er, was kommen würde.

»Ich habe einen neuen Job unten in der Großstadt, Av. Einen richtig guten. Bei einem großen Sender.«

»In New York? Ich dachte, du magst die Stadt nicht.«

Sie schüttelte den Kopf. »Nein, Boston.«

»Wann?«

»Ab nächstem Monat. Samstag in einer Woche fahre ich runter. Ich muss noch eine Wohnung finden und mich einrichten.«

Er verstand, was sie sagen wollte. Davor würde sie in Portland eine Menge zu erledigen haben.

Es war das letzte Mal, dass sie über seine Türschwelle getreten war.

Als sei sie hier zu Hause.

»Na, dann mach endlich den Sekt auf«, sagte er. »Klingt, als hätten wir was zu feiern.«

»Ich glaube, das war der Grund, warum ich mich nicht gemeldet habe, Av. Weil ich wegziehe.«

Er nickte. »Ich habe mir so etwas schon gedacht.«

»Wirklich?«

»Ja, etwas in der Art.«

»Bist du mir jetzt böse, Av?«

Er zwinkerte ihr zu.

»*Wer* redet jetzt wie ein junger Narr daher, Carrie?«

Er stand auf, ging um den Tisch herum und legte ihr die Hände auf die Schultern, beugte sich zu ihr herab und küsste sie auf die Wange und die Stirn – und dann auf den Mund.

»Ich wäre dir nicht einmal böse, wenn du mir die Flasche über die Rübe ziehen würdest«, sagte er. »Für mich bist du ein einziger Segen gewesen, Carrie. Dass du nun fortgehst, ändert nichts daran. Du musst wissen, ich habe das verrückte Gefühl, dass du mich alten Knacker ein ganz kleines bisschen gern hast. Meinst du, da könnte etwas dran sein?«

Sie nickte unter Tränen. »Na klar, verdammt noch mal. Was glaubst du denn?«

»Dann ist es wirklich erstaunlich, dass du hier sitzt und mich allen Ernstes fragst, ob ich dir böse bin. Du bist mir vielleicht eine Beobachterin. Schäm dich.«

Sie musste lächeln.

»Jetzt sei so gut und mach die Flasche auf.«

Als sie ihn am nächsten Morgen verließ, schaute er ihr durchs Küchenfenster nach. Sie winkte ihm einmal zu und lächelte, bevor sie ins Auto stieg. Er erwiderte den Gruß mit dem dampfenden Kaffeebecher in der Hand.

In diesem Augenblick prägte er sich ihr Bild ein.

In der Nacht davor hatten sie darüber geredet, dass er irgendwann einmal seine Tochter in Boston besuchen würde und sie sich dann treffen könnten. Aber er wusste, dazu würde es nie kommen. Sie würde in ihr eigenes Leben verschwinden und er in seines. Deshalb prägte er sich ihr Gesicht ein, ihr Lächeln, den strahlenden Morgen, einfach alles. Damit ihm wenigstens dieses Bild von ihr blieb, falls er sie nie wieder sehen sollte.

Er hatte ihr nichts von dem lautlosen Krieg erzählt, der in seinem Blutkreislauf tobte und den er zweifellos verlieren würde. Dieser Krieg, den er schon in jener Nacht, zerschunden und angeschossen, allein im Wald mit Red, irgendwie gespürt hatte.

Ihm fiel kein Grund ein, warum er es ihr hätte erzählen sollen.

Die Ärzte hatten ihm erklärt, dass ein Lymphom Jahre brauchte, bis es einen umbrachte. Er hatte also noch eine Schonfrist.

Auch sah er keinen Anlass dafür, es Allie zu erzählen. Sie hatte genug mit dem Baby in ihrem Bauch zu tun. Er hatte den Ärzten das Versprechen abgenommen, es niemandem zu sagen.

Das würde er selbst tun, wenn der Zeitpunkt gekommen war.

Ludlow nippte am Kaffee und blickte dem Auto nach, das den Hügel hinabfuhr und in der Ferne verschwand. Er ging durch die Küche und trat durch die Hintertür auf die kleine Veranda hinaus. In dem Goldrutenfeld, das hinter der Veranda sanft zu der Stelle anstieg, wo Red begraben lag, konnte er sich das wogende Meer vorstellen und sah sich an Deck eines Schoners stehen. Ganz allein, nur mit einer Mannschaft verstummter Seelen.

Er beschäftigte sich mit dem angefallenen Papierkram, mit Bestellungen und den diversen Arztrechnungen. Als der Tag seinem Ende entgegenging, hörte er draußen ein Auto vorfahren.

Er schaute aus dem Fenster und sah, dass es Emma Siddons war. Sie hatte ein rotes Sweatshirt-Bündel in den Händen und schritt energisch, ganz wie es ihre Art war, auf die Haustür zu. Er fand, dass sie älter aussah als bei ihrer letzten Begegnung. Aber das galt vermutlich auch für ihn.

Er machte die Tür auf. Das Erste, was er sah, war ein rostbrauner Wuschelkopf mit dunklen Knopfaugen, die neugierig aus dem Pullover hervorlugten.

Er lachte und hielt dem Hund die Hand hin. Der kleine Kerl schnüffelte daran, begann sie abzuschlecken und wand sich aufgeregt in Emmas Händen.

»Mein Gott. Kann das wahr sein, oder bilde ich es mir bloß ein?«, fragte er.

Emma lachte verschmitzt. »Nein, nein. Sie haben völlig recht.« Sie schüttelte den Kopf. »Der gute alte Red war bis zum Schluss ein Schwerenöter. Evangeline hatte einen Viererwurf. Zwei sind schwarz wie sie selbst, zwei sind rostbraun. Erst hat sie drei Weibchen bekommen und am Ende dann diesen kleinen Racker hier.«

Sie öffnete das Sweatshirt und reichte Ludlow den Hund. Der Welpe leckte ihm kurz übers Gesicht und machte sich dann über Ludlows Finger her.

»Wie alt ist er denn? Sechs Wochen?«

»Mhm. Höchste Zeit, dass ich ihn loswerde.«

»Was soll das heißen? Sie wollen ihn mir bringen?«

»Nein, Avery Ludlow«, sagte sie lachend. »Ich bin bloß zu Ihnen rausgefahren, um Ihnen zu zeigen, was für ein Casanova der alte Red war. Natürlich bringe ich Ihnen den Hund. Wo in aller Welt sollte er denn sonst hingehören?«

»Emma, ich hatte nicht vor ...«

»Ist mir schnurz, was Sie vorhatten. Sehen Sie ihn sich doch an.«

Der Hund hatte aufgehört herumzustrampeln. Er lag jetzt ruhig und zufrieden in Ludlows Armen und schleckte ihm die Finger ab.

Red hatte ihm immer auf die Hände geschaut.

Als seien für den Hund diese Hände und ihre Fähigkeiten das Einzige, was ihn als Geschöpf von seinem Besitzer unterschied, nur die Hände und nichts sonst.

»Schauen Sie doch. Der Hund *kennt* Sie. Ich glaube, er hat Sie von dem Moment an gekannt, als wir über die Türschwelle traten.«

Er setzte den Hund auf den Boden und tätschelte ihn. Dann unterhielten sie sich eine Weile, während Ludlow zusah, wie der Welpe auf Entdeckungstour ging. Die Küche, das Schlafzimmer, das Wohnzimmer, die Treppe. Er hörte das Klacken der Krallen auf dem Holzboden. Nach einer Weile kehrte der Kleine zurück und rollte sich mit einem Stoßseufzer an Ludlows Füßen zusammen.

Emma lachte.

»Ich nehme an, die Sache dürfte sich damit von selbst erledigt haben«, sagte sie.

Er erzählte ihr von dem Lymphom. Dass er theoretisch bald sterben konnte. Es war ihm wichtig, dass sie verstand, worum es ihm ging: Wenn man ein Tier zu sich nahm, ging man einen Bund ein, den die Zeit und eine Krankheit leicht zerstören konnte.

»Falls Ihnen etwas zustößt, Av, werde ich dafür sorgen, dass der Hund so behandelt wird, wie Sie es sich gewünscht hätten. Ich gebe Ihnen mein Wort. Aber so darf man gar nicht über die Dinge denken, sonst hat man im Leben nichts, was von Bedeutung ist. Geben Sie ihm einfach das, was Sie ihm geben können. Geben Sie ihm die Zeit, die Sie ihm geben können. Er wird dasselbe für Sie tun. Sie werden sich beide prima ergänzen.«

Sie ließ ihm etwas Hundefutter da, das sie mitgebracht hatte. Dann fuhr sie nach Hause. Ludlow fütterte den kleinen Kerl, spielte mit ihm und merkte, wie er lächelte. Mit Erstaunen wurde ihm bewusst, dass er den Hund bereits ins Herz geschlossen hatte. Als er schlafen ging, watschelte der Kleine hinter ihm her und wimmerte, weil er zu ihm ins Bett wollte. Also hob Ludlow ihn zu sich hinauf. Der Hund kuschelte sich an ihn und schlief ein. Eine Zeit lang streichelte Ludlow das weiche glänzende Fell des Tieres, dann kamen ihm plötzlich die Tränen. Doch er weinte nicht um Red oder um Mary oder um eine der anderen verlorenen Seelen. Er weinte vor Freude. Über dieses neue Glück, das er noch einmal erleben durfte.

»Wie sollen wir dich denn nennen?«, flüsterte er schließlich.

Der Hund in seinen Armen schlief friedlich weiter.

DANKSAGUNG

Mein Dank gilt zuerst Gavin Ziegler für seinen aufmerksamen Blick und das Gespür für eine potenzielle Ketchum-Geschichte. Dann wie immer Paula White für ihre klugen redaktionellen Hinweise und meinem Verleger Mike Bailey dafür, dass er mir bei diesem Projekt zur Seite gestanden hat – und, nicht zu vergessen, für die stets fürsorgliche und einfühlsame Behandlung, die er uns Schreiberlingen angedeihen lässt. Vielen, vielen Dank an Alice Martell und Stephen King, denn sie haben mich überhaupt erst nach Großbritannien gebracht. Zu großem Dank verpflichtet bin ich auch Lowell »Chip« Woodman, der mich an seinem tiefschürfenden Wissen über die im Bundesstaat Maine und in den gesamten USA geltenden – oder eben nicht geltenden – Tierschutzgesetze teilhaben ließ. Bill Tracy für die nützlichen Angeltipps und Fred Christ für all die aberwitzigen wahren Geschichten, die er über die Jahre für mich gesammelt hat. Und schließlich geht mein Dank auch an Neal und Victoria McPheeters. Sie wissen schon, wofür.

»Egal was du tust, was du aufgibst, wie viel du trainierst. Du wirst ihn niemals finden. Er ist Luft. Er ist das Monster in der Dunkelheit.«

Vor fünf Jahren wurde Eddie Whitts kleine Tochter von einem Serienmörder getötet, der nie gefasst wurde. Doch scheinbar hat ein Sinneswandel bei dem Killer, der sich Killjoy nennt, stattgefunden: Er hat aufgehört zu töten und schreibt Whitt kryptische Briefe, in denen er ihn seinen einzigen Freund nennt. Doch was noch viel wichtiger ist: Er hat angefangen misshandelte Kinder aus deren Familien zu entführen und den Eltern seiner getöteten Opfer zu übergeben, scheinbar als Wiedergutmachung. Die Polizei kann aus den Briefen nicht genügend Hinweise für seine Ergreifung filtern, doch Eddie Whitt will ihn unbedingt zur Strecke bringen und riskiert dabei nicht nur seine körperliche Unversehrtheit.

Tom Piccirilli wurde bereits viermal mit dem Bram-Stoker-Award ausgezeichnet. Neben Richard Laymon und Jack Ketchum gilt er als ein neuer aufregender Meister des psychologischen Grauens.

1

Killjoy schrieb:

Worte eignen sich nicht so gut wie Zähne.

Schneidezähne lügen nicht. Drückte ich sie in Wachs, Papier, Fisch oder Fleisch, würdest Du verstehen, was ich meine, den Zwang der Form, jedes noch so triviale Detail, das sich dort finden lässt, das aus dem Kontext hervortritt und über das Offensichtliche hinausgeht. Worte sind unzulänglich, sogar unpraktisch, wenn es darum geht, das Wesen des eigentlichen (bescheidenen) Ichs wiederzugeben. Die Taten sind entscheidend. Der Verstand und die Stimme eines Menschen sind begrenzt, aber nicht seine Taten, würdest Du mir da nicht zustimmen? Dass wir niemals das, was in uns ist, vollkommen ausdrücken können. Dass manchmal der bloße Akt des Fühlens nicht ausreicht, um all das einzufangen, was wir fühlen. Der Wahnsinn versucht, dir dein Verhalten zu erklären. Ich vermute, ich habe noch einen langen Weg vor mir, was die Kunst der Menschwerdung betrifft.

Denk an Schlagelfords große Abhandlung über die Angst vor dem Nicht-Sein. Siebenunddreißig Jahre seines Lebens hielt er die linke Hand um seinen linken Oberschenkel geklammert (natürlich ohne Hose). Obwohl sein fester Griff ihm das Blut im Bein abschnürte, bis es abstarb, schwarz wurde und schließlich amputiert werden musste (und die Hand, nur noch eine steife Kralle, nutzlos geworden war, das Phantomglied aber weiter drückte), woraufhin er mit der rechten Hand den rechten Schenkel umklammerte und sein letztes großes Werk, Die Zeit des Oberschenkels, *mit der Feder zwischen den Zähnen schreiben musste, trotz all dem also war er glücklich.*

Zufrieden im Wissen um seine eigene Existenz in einer Welt, die zu wenig versprach und zu wenig Struktur besaß.

Kennst Du dieses Gefühl, Whitt?

Der kastrierte Mann in der Ecke trägt orange Turnschuhe.

Was magst Du lieber? Schreiben oder beißen?

Die Zeit des Oberschenkels beginnt wieder.

Zittern Deine Hände?

Die Mutter der Sekte erzählte Eddie Whitt von der toten Ballerina, von einem Gott namens Schleim-und-Dornen-Hirn und von dem halb verhungerten Baby, das aus dem Hinterzimmer gestohlen worden war.

Sie und ihre beiden tapsigen Söhne mittleren Alters lächelten ihn an. Whitt versuchte zurückzulächeln, aber seine Gesichtsmuskeln waren so angespannt, dass er gerade mal eine Grimasse zustande brachte. Das passierte ihm manchmal, wenn er sich beherrschen musste. Zum Glück waren diese Leute so sehr in ihrem eigenen Irrsinn gefangen, dass sie ihn kaum wahrnahmen und unaufhörlich weiterplapperten. Sie reichten ihm eine Tasse Kräutertee, der nach Terpentin roch. Er ließ sie auf dem zerkratzten Tisch vor sich stehen.

Abgesehen von den Morden waren sie wie alle anderen Sektenmitglieder, die er kennengelernt hatte. Und angesichts seiner begrenzten Interessen und gesellschaftlichen Verpflichtungen waren das überdurchschnittlich viele gewesen. Wo auch immer auf diesem Gebiet der Durchschnitt liegen mochte.

Die Frau, Mrs. Prott, die sich als Hohepriesterin des Kosmischen Knoten vorstellte, sprach in fast hysterischer Erregung über einen neuen Gott, der im Herzen ihres Sohnes Merwin geboren werden sollte. Merwin, dessen Stirn von schrecklichen Operationsnarben zerfurcht war, grinste dumm und fuhr sich mit der Hand über die Brust, als streichelte er das Haar einer schönen Frau.

Der andere Sohn, Franklin, war blind und spielte nervös mit seinen Händen, als wollte er im nächsten Augenblick von seinem Stuhl aufspringen und irgendetwas in Stücke reißen.

Whitt tat, als interessierte er sich für Mrs. Protts Predigt, und sah sich ihre Sternkarten an, die Aufzeichnungen, Zeitungsartikel und Fotos von all den Leuten, die irgendeine Rolle in ihrer sich immer weiter ausbreitenden Geschichte von Religion, Mord und geheimen Regierungsexperimenten spielten. Sie tippte immer wieder auf eine Stelle zwischen ihren Augen und behauptete, man habe ihr ein Loch in den Kopf geschossen und ihr Gehirn sei ausgelaufen, und deswegen bringe sie manchmal etwas durcheinander. Jedes Mal, wenn sie das Wort »Regierung« aussprach, hörte Merwin auf, seiner unsichtbaren Geliebten das Haar zu streicheln, und schlug sich gegen den Kopf.

Dieses Haus war jahrelang eine Art Deponie für Mitglieder der Gruppe gewesen. Whitt stand auf und lief durch den Raum, während die Frau weiterredete und sich durch Stapel von drei bis vier Jahre alten Zeitungen wühlte. Auf diversen Titelseiten war sein Bild zu sehen, die meisten lagen offen da, als warteten sie auf ihn.

In einem Metallregal standen zwei Dutzend Einmachgläser auf dem Kopf, alle mit Kontaktkleber zugeklebt und einer Handvoll Salz bestreut. Worte, zum Teil vielleicht Namen, waren mit schwarzem Filzstift auf altes gelbes Abklebeband gekritzelt: *Hogarth. Pedanterie. Airsiez. Colby. Terminus. Kinnick. Unvernunft. Testament Of Ya'al. Ussel. Dr. Dispensations. O'Mundanity.*

Sie predigte immer noch. Es war irgendwie abstoßend, die Frau so offen über diese Dinge reden zu hören, auf ihre seltsame Art, als spräche sie lediglich grundlegende und unbestreitbare Wahrheiten aus. Das Ganze auch noch in einem heiter beschwingten Tonfall, scheinbar überglücklich, jemanden gefunden zu haben, der sich für ihr Leben interessierte, egal, weswegen. Whitt nickte wie ein Idiot, und sie nickte zurück. War es allein die Einsamkeit, die Menschen in solche Extreme trieb?

»Sie suchte also Hilfe bei Ihnen«, sagte er, um das Gespräch am Laufen zu halten, und setzte sich wieder. »Die Ballerina.«

»Sie suchte die Wahrheit, ja. Und Liebe. Alle sind verzweifelt auf der Suche nach Liebe. Wissen Sie, sie war doch eher ein ängstlicher Typ. Ihre Eltern haben sie emotional misshandelt, sie haben ihr nie irgendeine Art von Zärtlichkeit gegeben. Sie sollte immer nur noch besser tanzen. Damit trieben sie sie in die Arme der Jungs. Das Kind war ein Zeichen ihrer Verzweiflung. Nichts anderes.«

»Und Sie haben sie ermordet«, sagte Whitt.

Sie fuchtelte mit der Hand vor ihm herum, als sei das, was er sagte, absurd und lächerlich. »Was meinen Sie? Wen?«

Whitt stieß den Atem aus, sodass sich die Oberfläche des stinkenden Tees kräuselte. Er zwang sich erneut zu einem Lächeln. »Die Ballerina.«

Franklin lehnte den Kopf zurück, rollte die leeren Augen und brach in Gelächter aus. Es kam von tief unten aus seinem Bauch und war voller Hass. Whitt hätte gern gewusst, wie seine Stimme klang, aber bisher hatte Franklin nichts als dieses kranke Lachen von sich gegeben. Sollte es Ärger geben, würde Whitt sich zuerst ihn vornehmen.

Mrs. Prott sagte: »Ach so, die meinen Sie. Die Tänzerin.«

Das Erste, was einem an Mama Prott auffiel, war ihr schwabbelnder Truthahnhals. Selbst wenn sie den Kopf nicht bewegte, flatterte ihr Hals bei jedem Atemzug und zog alle Aufmerksamkeit auf sich. Whitt konnte sich nicht an den Anblick gewöhnen.

Die Frau quoll über vor ausgelassener, geerdeter Fröhlichkeit. Man wollte sie am liebsten umarmen, wirklich. Ihre schicken teuren Kleidungsstücke passten nicht zusammen und waren außerdem zu eng. Er nahm an, dass sie sie jemandem mit Geschmack gestohlen hatte, um so zu tun, als verstünde sie selbst etwas von Mode. Von ihrem Schmuck, einer beträchtlichen Menge, war der meiste unecht, ein paar Teile allerdings überstiegen in ihrem Wert die Hypothek für dieses Drecksloch. Sie trug Männer-Eheringe an beiden Daumen.

Franklins Hände öffneten und schlossen sich im Rhythmus von Whitts Pulsschlag.

Mrs. Prott lächelte, ihre Zähne waren schwarz und schief. »Also, getötet hat sie niemand. Man kann nicht zerstören, was *sich verweigert*. Was *kein Gefühl zeigt*. Man kann es lediglich umwandeln. Sie war kein Mensch.« Wieder fuchtelte sie mit den Fingern herum. »Sie war *anders*. Das reinigende Licht von Schleim-und-Dornen-Hirn raffte sie dahin, als sie eines Morgens meinen Atem stehlen wollte.«

»Verstehe«, sagte Whitt.

»Während ich schlief, ist sie auf mich draufgestiegen und hat versucht, mich zu küssen, um den Seelenwind aus meinen Lungen zu stehlen. Man kann das nicht als Mord bezeichnen, wenn man das kosmische Rad des Karmas wieder gerade rücken muss.«

»Ich dachte, es sei ein Knoten.«

»Ein Knoten, der sich durch die große Galaxie des Geistes dreht und dreht wie ein Steuerrad.«

»Na gut«, sagte Whitt. »Was ist denn nun mit ihr passiert?«

»Die einzige Möglichkeit, wie wir uns gegen einen Seelendieb wehren können, ist, ihm dreimal ins Herz zu stechen, wobei die Klinge nach Norden zu zeigen hat. Dann muss man ihm die Kehle durchschneiden, damit seine bösen Beschwörungen zu Boden tropfen und nicht zu den kosmischen Meistern aufsteigen. Das ist die Transformation, die stattfinden muss. Konversion. Reformation. Dann müssen die Genitalien entfernt werden, sonst infiziert der Samen ein anderes Geschöpf und pflanzt sich selbst im Todeskampf fort.«

»Im Todeskampf«, wiederholte Whitt.

»Und das darf nicht passieren. Das dürfen wir auf keinen Fall zulassen.«

»Nein, auf keinen Fall.«

»Noch Tee?«

»Gern.«

Franklins leerer Blick landete auf Whitt. Seine Fäuste griffen ins Leere. Sein Bruder hatte die Hand auf der Brust. Whitt flüsterte »Regierung, Regierung« und sah zu, wie Merwin sich zweimal gegen den Kopf schlug.

Mama Prott reichte Whitt eine Reihe von Diagrammen und Karten, die vom Tierkreis abgeleitet waren. Sie zeigten seltsame Kombinationen aus kabbalistischen Symbolen, teutonischen Buchstaben, der Numerologie und einigen sinnlosen pseudosexuellen Ausdrücken, die sich in erster Linie auf Körperflüssigkeiten und Geschlechtsteile bezogen. Phlegma im Haar. Hurenköder. Auge des Orifiziums. Schleim im Knie. Urethras Versagen. Die Schrift war so unleserlich, dass es Stunden gedauert hätte, alles zu entziffern.

Sie zog eines der Blätter heraus. Es war mit einer rosa Flüssigkeit bekleckst. »Hier, das ist er«, sagte sie, »der Beweis, dass das Mädchen anders war. Dass die Sekte der Reinigung und Vollendung zum Schutze aller Menschen und der ganzen Welt gehandelt hat.«

»Sie sind also ein Zweig einer größeren ...« Wie sollte er das, woran sie glaubte, nennen? Er hatte nicht das Gefühl, dass das Wort »Sekte« sie beleidigen würde, aber es so zu nennen, verlieh ihr zu viel Bedeutung, »... Glaubensgemeinschaft.«

»Richtig. Wir haben noch neunzehn weitere Mitglieder im anderen Haus. Dort leben die meisten unserer Kommunikanten, und dort halten wir auch unsere offiziellen Zeremonien ab.«

»Und welches Haus ist das?«, fragte er.

Sie zeigte auf die hintere Wand. Die zu großen Ringe an ihren Fingern klimperten leise. »Das am Carver Way. In diesem sind wir sehr selten, wir lagern nur unsere Sachen hier. Sie hatten Glück, uns überhaupt anzutreffen.«

»Ja«, sagte er.

Es dauerte eine weitere halbe Stunde, bis Whitt den Namen der Ballerina aus ihr herausgeholt hatte: Grace Kinnick. Den Namen hatte er auf einem der Einmachgläser gelesen. Was glaubten die Protts, was sie dort drin aufbewahrten? Gefangene Seelen?

»Und das Kind?«

»Gestohlen. Deswegen brauchen wir Ihre Hilfe. Die Brut ... der Nachkomme ... des Seelendiebes befindet sich noch in seiner genuinen Form. Er kann jetzt ins himmlische Kontinuum zurückgeschickt werden und sich dort wieder mit der großen astralen Identiform vereinen.«

»Verstehe.«

»Wir müssen das Kind am Freitagabend vor Mitternacht haben. Sie sagten, Sie wüssten, bei wem es zurzeit ist?«

»Richtig, bei einem Freund von mir, der für eine soziale Einrichtung arbeitet«, log Whitt. Er grinste zu Merwin hinüber. »Eine Einrichtung der Regierung.«

Merwin schlug sich wieder gegen den Kopf. Er sah aus, als habe er Angst, jemand vom Pentagon könnte kommen und ihm noch mehr von seinem Gehirn wegnehmen. Und Whitt saß da und machte sich einen Spaß daraus. Aber sonst wäre er wahrscheinlich durchgedreht und hätte den harten Kurs eingeschlagen. Man hatte ihm in letzter Zeit vorgeworfen, sich dahingehend verändert zu haben.

»Oh, es ist gefährlich, wenn die Brut so ganz auf sich selbst gestellt ist«, trällerte Mrs. Prott, während ihr Hals aufgeregt hin und her wackelte. »Es müssen eiligst magische Kreise gezogen und die richtigen Einflüsse beschworen werden, noch vor dem Ausweiden und allen weiteren Ritualen.«

Whitt sagte: »Das Kind ist also *anders*. Genuin. Durch sein Blut belastet. Es muss von Schleim-und-Dornen-Hirn ausgelöscht und dem kosmischen Knoten zurückgegeben werden.«

Sie brach in ein entzücktes, etwas zu langes Kreischen aus. »Ja, genau. Oh, Sie sind ein Naturtalent. Sie haben die Gabe, ist Ihnen das klar? Eine Aura wie Ihre habe ich selten erlebt. Sie ist außergewöhnlich dunkel und sehr mächtig.«

»Wie oft haben Sie das schon gemacht?«, fragte er. »Jemanden zu reinigen ... jemand Böses.«

»Oh, darüber führen wir nicht Buch. Wir sind in einem spirituellen Krieg. Mit vielen Opfern auf beiden Seiten, im Diesseits wie im Jenseits.«

»Vierzehn«, sagte Franklin, und ein nasses Glucksen löste sich aus seiner Brust, »die Ballerina war Nummer vierzehn.«

Diese Stimme, auf obszöne Art freudig und doch schäumend vor Hass. Whitt rutschte auf die Stuhlkante vor, für den Fall, dass er zur Seite hechten musste. Vielleicht würde Franklin jetzt Gebrauch von seinen Händen machen. »Was meinen Sie?«

»Die Ballerina war Nummer vierzehn«, wiederholte Franklin. »Das Baby wäre die fünfzehn gewesen.«

Mama Prott lächelte ihrem Jungen zu. Whitt dachte an die Toten, die wahrscheinlich im Hof vergraben oder irgendwo im Haus versteckt lagen. Er starrte auf die Stelle zwischen ihren Augen, wo man ihr ein Loch hineingeschossen hatte und ihr Gehirn ausgelaufen war, wie sie behauptete. Und er fragte sich, ob er es schaffen würde, sich fallen zu lassen, zur Seite zu rollen, seine 32er zu ziehen, aufzuspringen und sein Ziel zu treffen, so wie er es geübt hatte.

»Also, Mr. Whitt, können Sie uns helfen, das Kind zurückzubekommen?«

»Ja«, sagte er. »Ich betrachte es als meine ehrerbietige Pflicht.«

»Herrlich! Wir halten heute Nachmittag Gottesdienst im anderen Haus.«

»Im Carver Way.«

»Ja. Kommen Sie doch bitte auch, damit wir Sie segnen und vor Unheil beschützen können. Sie werden ihre Initiation in das, was Schleim-und-Dornen-Hirn ist, nicht bereuen. Danach verspüren Sie ein Gefühl von Klarheit und Frieden. Wir werden Ihre Aura noch stärker machen.«

Ihr dicker Hals schwabbelte hin und her. Der Blinde starrte ihn böse an. Der andere grinste. Seine dicken Narben glänzten wie Blutegel.

»Ich freue mich«, sagte Whitt.

Er fuhr los, parkte den Wagen um die Ecke bei einer Sickergrube, die als Müllkippe genutzt wurde. Dann wartete er, bis die Frau und ihre Söhne in ihrem SUV mit auswärtigem Kennzeichen wegfuhren. Auch der Wagen war Diebesgut. Die Beute von Toten. Mit Spitzhacke, Schaufel und Taschenlampe ausgestattet, ging er zurück und betrat das Haus durch die kaputte Hintertür, die mit dem Gummiband eines alten Büstenhalters zugebunden war.

Er ließ das Werkzeug auf der Terrasse liegen und suchte im Haus nach weiteren Sektenmitgliedern, die sich womöglich irgendwo unterm Bett versteckten. Nur gab es gar keine Betten. Die drei Räume im oberen Stockwerk wirkten vergiftet, die alte Farbe blätterte in Streifen von der Wand und der Putz war von Fingernägeln abgekratzt. Er fand Einschusslöcher und getrocknete Spritzer, die von irgendeiner der Körperflüssigkeiten stammen konnten, auf die die Protts offenbar so versessen waren.

Whitt holte seine Sachen und suchte nach der Kellertür. Er entdeckte sie hinter dem Metallregal, auf dem all die Einmachgläser mit den gefangenen Seelen kopfüber gestapelt waren.

Dann ließ er sich für etwa eine Minute von seiner alten Dummheit und Unkontrolliertheit übermannen. Es bereitete ihm großes Vergnügen, die Gläser zu zerschmettern und Hogarth, Ussel, Airsiez und die anderen zu befreien. Das Glas mit der Ballerina hielt er eine Zeit lang fest an seinen Kopf gedrückt. Ihm war bewusst, wie seltsam das aussehen musste, aber er verspürte das dringende Bedürfnis, ihr Frieden zu schenken, soweit das möglich war. Man wusste nie, wozu man fähig war, wenn man sich wirklich auf etwas einließ. Schließlich warf er das Glas wie die anderen gegen die Wand. Dann ging er in den Keller und begann zu graben.

Der Tote lag in der Ecke etwa einen Meter unter dem Boden, seine Genitalien waren entfernt, und er trug orange Turnschuhe. Genau wie Killjoy es gesagt hatte.

2

Brunkowski ließ ihn so lange auf der Holzbank vor seinem Büro warten, dass Whitt im Sitzen neben einem sechzigjährigen Latino-Zuhälter einschlief. Normalerweise sollte einen Zuhälter so etwas kränken, selbst wenn er aus Nassau County stammte. Er würde ein Rasiermesser aus der Hosentasche ziehen und sich an die Arbeit machen, aber dem Mann schien es nichts auszumachen. Er rückte sogar ein Stück zur Seite, sodass Whitts Kopf Platz auf seiner Armbeuge fand. Der Zuhälter trug einen schokoladenbraunen Seidenanzug und sah eher wie jemand von der Wall Street aus. Whitt lehnte an seiner Schulter und träumte von einem Spielplatz voller Krähen.

Als seine drei Huren auf Kaution entlassen wurden, weckte er Whitt vorsichtig und schob seinen Kopf zur Seite. Die drei weißen Mädchen in durchsichtigen Kunstfaserblusen und G-Strings kicherten, aber der Zuhälter sagte kein Wort. Hin und wieder traf man wirklich erstaunliche Vertreter dieser Zunft.

ter auf dich zurück. Hol dir in der Zwischenzeit was von der Soße. Lass es dir gut gehen.

Gewehr runter, Handschuh aus, zur Seite rollen und das Handy aus der Hosentasche.

»Ja.«

Die Stimme am Telefon gab ihm eine andere Handynummer. Kowalski drückte die Taste, um den Anruf zu beenden. Er addierte die Zahl sechs zu jeder Ziffer der neuen Handynummer. Dann wählte er das Ergebnis. Eine männliche Stimme sagte: »Sie wollen damit sagen, dass Sie so früh morgens schon Durst haben?«

Kowalski erwiderte: »Es ist so heiß und trocken.«

Wow. Es war eine Weile her, dass für die Kontaktaufnahme Rhinozeros benutzt wurde. Kowalski hatte die Antwort gerade noch parat.

Die Stimme gab ihm eine weitere Nummer, die Kowalski sich merkte – nachdem er eine siebenstellige PN (seine ganz Persönliche Nummer) zu jeder Ziffer addiert hatte. Er packte seine Sachen zusammen und versteckte die Ausrüstung in einem nahe gelegenen Speicher, dann verließ er das Dach und ging sechs Blocks zu Fuß, bevor er ein Taxi nahm. Für die Summe von $ 3,40 fuhr er zum nächsten 7-Eleven, wo er drei Telefonkarten zu je zwanzig Dollar kaufte. Denn er war sich nicht sicher, wie lange der Anruf dauern würde.

Wieder auf der Straße, suchte er eine Telefonzelle auf. Er hämmerte die gebührenfreie Ziffernfolge ein, die auf der Rückseite der Karte stand, dann wählte er die Nummer, die er sich gemerkt hatte. Da er eine

Telefonkarte und eine Telefonzelle benutzte, konnte sein Anruf nicht zurückverfolgt werden; er war in einem Meer aus Telefonaten zum Spartarif verborgen, die pausenlos in den ganzen Vereinigten Staaten geführt wurden. Niemand hatte die Technologie, das alles zu durchforsten. Nicht mal der CI-6 – eine Unterabteilung des Heimatschutzes, die nur selten in den Abendnachrichten vorkam.

Eine weibliche Stimme gab ihm den Auftrag, nach Houston zu fliegen. Kowalski erkannte die Stimme sofort. Das war *sie*. Seine frühere Verbindungsoffizierin. Nach einem blöden Streit hatten sie monatelang nicht zusammengearbeitet. Jetzt schien es, dass sie erneut ein Team bildeten. Tja, Schicksal.